每个人都是一个宇宙／在义与利之外／性爱五题／悲观·执著·超脱／人生寓言／孔子的洒脱／人生贵在行胸臆／平淡的境界／家／自我二重奏／习惯于失去／永远未完成／生命本来没有名字／爱情不风流／文学的安静／生命中的无奈／在维纳斯脚下哭泣／行淫的女人／南极素描／丰富的安静／城市的个性和颜色／经典和我们／生命中不能错过什么／把我们自己娱乐死？

中华散文珍藏版

周国平散文

人民文学出版社

图书在版编目(CIP)数据

周国平散文/周国平著.—北京：人民文学出版社，2013
(中华散文珍藏版)
ISBN 978-7-02-009914-6

Ⅰ.①周… Ⅱ.①周… Ⅲ.①散文集—中国—当代 Ⅳ.①I267

中国版本图书馆 CIP 数据核字(2013)第 109772 号

责任编辑　徐广琴
装帧设计　刘　静
责任校对　刘晓强
责任印制　徐　冉

出版发行　人民文学出版社
社　　址　北京市朝内大街 166 号
邮政编码　100705
网　　址　http://www.rw-cn.com

印　　刷　三河市延风印装有限公司
经　　销　全国新华书店等

字　　数　199 千字
开　　本　880 毫米×1230 毫米　1/32
印　　张　9　插页 3
印　　数　58001—63000
版　　次　2008 年 1 月北京第 1 版
印　　次　2019 年 9 月第 14 次印刷

书　　号　978-7-02-009914-6
定　　价　30.00 元

如印装质量问题，请与本社图书销售中心调换。电话:010-65233595

作者像（杨小兵摄，1995.）

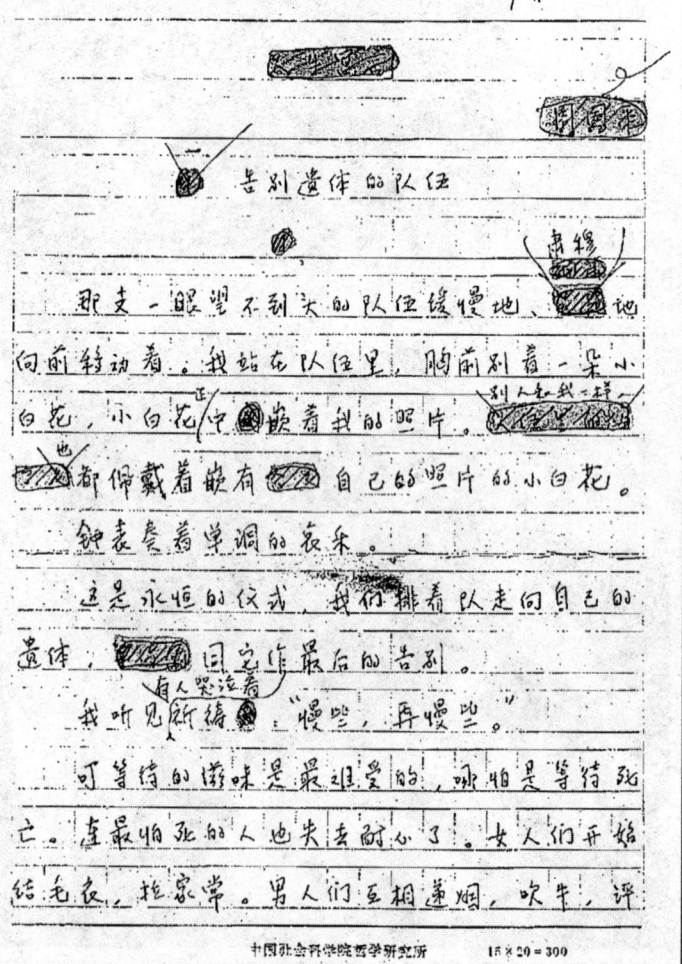

作者手迹（1989）

# 出版说明

为了全面展示20世纪以来中华散文的创作成就，我社于2005年4月编辑出版了《中华散文插图珍藏版》系列。到目前为止，已经出版了四辑五十位现当代文学大家的散文集，其目的是要将"五四"新文学革命以来近百年间的中华散文做一次全方位的展现和总结。为此，该系列书也成了"人文版"散文的标志性出版物，在作家、读者和图书市场中产生了极大的影响。

这套《中华散文珍藏版》是在此基础上的精选，宗旨是进一步扩大散文的社会影响力，优中选优，精益求精，为读者，特别是青年读者提供一套散文阅读范本。

人民文学出版社一直秉承读者至上、质量第一的出版原则，但愿这套书的编辑出版，能为多元思潮中的人们洒下一捧甘霖。

人民文学出版社编辑部

# 目　录

每个人都是一个宇宙 …………………………………… 1
在义与利之外 ………………………………………………… 9
性爱五题 ……………………………………………………… 12
悲观·执著·超脱 ………………………………………… 18
等的滋味 ……………………………………………………… 24
平淡的境界 …………………………………………………… 29
人生寓言 ……………………………………………………… 31
孔子的洒脱 …………………………………………………… 40
人生贵在行胸臆 …………………………………………… 43
父亲的死 ……………………………………………………… 50
家 ……………………………………………………………… 52
失去的岁月 …………………………………………………… 55
自我二重奏 …………………………………………………… 61
习惯于失去 …………………………………………………… 69
时光村落里的往事
　　——蓝蓝《人间情书》序 ………………………… 72
永远未完成 …………………………………………………… 76
生命本来没有名字 ………………………………………… 80
爱情不风流 …………………………………………………… 83
在沉默中面对 ……………………………………………… 86
在黑暗中并肩行走 ………………………………………… 88

| | |
|---|---|
| 侯家路 | 90 |
| 文学的安静 | 92 |
| 生命中的无奈 | 96 |
| 世上本无奇迹 | 98 |
| 都市里的外乡人 | 101 |
| 人人都是孤儿 | 103 |
| 记住回家的路 | 105 |
| 另一个韩愈 | 107 |
| 纪念所掩盖的 | 109 |
| 在维纳斯脚下哭泣 | 112 |
| 行淫的女人 | 116 |
| 南极素描 | 118 |
| 读鲁迅的不同眼光 | 127 |
| 丰富的安静 | 129 |
| 城市的个性和颜色 | 131 |
| 经典和我们 | 134 |
| 生命中不能错过什么 | |
| ——《绿山墙的安妮》中译本序 | 137 |
| 走进一座圣殿 | 139 |
| 把我们自己娱乐死？ | 149 |
| 善良·丰富·高贵 | 153 |
| | |
| 走在自己的路上 | 155 |
| 有所为必有所不为 | 158 |
| 与身外遭遇保持距离 | 160 |
| 和命运结伴而行 | 162 |
| 比成功更重要的 | 165 |
| 往事的珍宝 | 168 |

不同的天赋 …… 171
个人的态度 …… 173
倾听沉默 …… 177
节省语言 …… 182
论无聊 …… 185
论嫉妒 …… 188
论自卑 …… 193
论吝啬 …… 198
论名声 …… 200
论舆论 …… 203
论人性 …… 206
论幽默 …… 210
论世态 …… 213
论处世 …… 217
论孤独 …… 220
论两性 …… 224
论女人 …… 229
论爱情 …… 234
论婚姻 …… 240
论读书 …… 244
论写作 …… 246

# 每个人都是一个宇宙

一

我的怪癖是喜欢一般哲学史不屑记载的哲学家,宁愿绕开一个个曾经显赫一时的体系的颓宫,到历史的荒村陋巷去寻找他们的足迹。爱默生就属于这些我颇愿结识一番的哲学家之列。

我对爱默生向往已久。在我的精神旅行图上,我早已标出那个康科德小镇的方位。尼采常常提到他。如果我所喜欢的某位朋友常常情不自禁地向我提起他所喜欢的一位朋友,我知道我也准能喜欢他的这位朋友。

作为美国文艺复兴的领袖和杰出的散文大师,爱默生已名垂史册。作为一名哲学家,他却似乎进不了哲学的"正史"。他是一位长于灵感而拙于体系的哲学家。他的"体系",所谓超验主义,如今在美国恐怕也没有人认真看待了。如果我试图对他的体系做一番条分缕析的解说,就未免太迂腐了。我只想受他的灵感的启发,随手写下我的感触。超验主义死了,但爱默生的智慧永存。

## 二

也许没有一个哲学家不是在实际上试图建立某种体系，赋予自己最得意的思想以普遍性形式。声称反对体系的哲学家也不例外。但是，大千世界的神秘不会屈从于任何公式，没有一个体系能够万古长存。幸好真正有生命力的思想不会被体系的废墟掩埋，一旦除去体系的虚饰，它们反以更加纯粹的面貌出现在天空下，显示出它们与阳光、土地、生命的坚实联系，在我们心中唤起亲切的回响。

爱默生相信，人心与宇宙之间有着对应关系，所以每个人凭内心体验就可以认识自然和历史的真理。这就是他的超验主义，有点像主张"吾心即是宇宙"、"心即理"、"致良知"的宋明理学。人心与宇宙之间究竟有没有对应关系，这是永远无法在理论上证实或驳倒的。一种形而上学不过是一种信仰，其作用只是用来支持一种人生态度和价值立场。我宁可直接面对这种人生态度和价值立场，而不去追究它背后的形而上学信仰。于是我看到，爱默生想要表达的是他对人性完美发展的可能性的期望和信心，他的哲学是一首洋溢着乐观主义精神的个性解放的赞美诗。

但爱默生的人道主义不是欧洲文艺复兴的单纯回声。他生活在十九世纪，和同时代少数几个伟大思想家一样，他也是揭露现代资本主义社会异化现象的先知先觉者。每个人都是一个宇宙，但在现实中却成了碎片。"社会是这样一种状态，每一个人都像是从身上锯下来的一段肢体，昂然地走来走去，许多怪物——一个好手指，一个颈项，一个胃，一个肘弯，但是从来不是一个人。"我想起了马克思在一八四四年的手稿中对人的异化的分析。我也想起了尼采的话："我的目光从今天望到过去，发现比比皆是：碎片、断肢和可怕的偶然——可是没有人！"他们的理论归宿当然截然不同，但都同样热烈怀抱着人性全面发展的理想。往往有这种情况：同一种激情驱使人们从事理论探索，结果却找到了不同的理论，甚至彼此成为思想上的敌人。但是，真的是敌人吗？

## 三

每个人都是一个宇宙，每个人的天性中都蕴藏着大自然赋予的创造力。把这个观点运用到读书上，爱默生提倡一种"创造性的阅读"。这就是：把自己的生活当做正文，把书籍当做注解；听别人发言是为了使自己能说话；以一颗活跃的灵魂，为获得灵感而读书。

几乎一切创造欲强烈的思想家都对书籍怀着本能的警惕。蒙田曾谈到"文殇"，即因读书过多而被文字之斧砍伤，丧失了创造力。叔本华把读书太滥譬作将自己的头脑变成别人思想的跑马场。爱默生也说："我宁愿从来没有看见过一本书，而不愿意被它的吸力扭曲过来，把我完全拉到我的轨道外面，使我成为一颗卫星，而不是一个宇宙。"

许多人热心地请教读书方法，可是如何读书其实是取决于整个人生态度的。开卷有益，也可能有害。过去的天才可以成为自己天宇上的繁星，也可以成为压抑自己的偶像。爱默生俏皮地写道："温顺的青年人在图书馆里长大，他们相信他们的责任是应当接受西塞罗、洛克、培根的意见；他们忘了西塞罗、洛克与培根写这些书的时候，也不过是图书馆里的青年人。"我要加上一句：幸好那时图书馆的藏书比现在少得多，否则他们也许成不了西塞罗、洛克、培根了。

好的书籍是朋友，但也仅仅是朋友。与好友会晤是快事，但必须自己有话可说,才能真正快乐。一个愚钝的人,再智慧的朋友对他也是毫无用处的,他坐在一群才华横溢的朋友中间,不过是一具木偶,一个讽刺,一种折磨。每人都是一个神,然后才有奥林匹斯神界的欢聚。

我们读一本书,读到精彩处,往往情不自禁地要喊出声来:这是我的思想,这正是我想说的,被他偷去了!有时候真是难以分清,哪是作者的本意,哪是自己的混入和添加。沉睡的感受唤醒了,失落的记忆找回了,朦胧的思绪清晰了。其余一切,只是死的"知识"。也就是说,只是外在于灵魂有机生长过程的无机物。

我曾经计算过,尽我有生之年,每天读一本书,连我自己的藏书也读不完。何况还不断购进新书,何况还有图书馆里难计其数的书。这真有点令人绝望。可是,写作冲动一上来,这一切全忘了。爱默生说得漂亮:"当一个人能够直接阅读上帝的时候,那时间太宝贵了,不能够浪费在别人阅读后的抄本上。"只要自己有旺盛的创作欲,无暇读别人写的书也许是一种幸运呢。

## 四

有两种自信:一种是人格上的独立自主,藐视世俗的舆论和功利;一种是理智上的狂妄自大,永远自以为是,自我感觉好极了。我赞赏前一种自信,对后一种自信则总是报以几分不信任。

人在世上,总要有所依托,否则会空虚无聊。有两样东西似乎是公认的人生支柱,在讲究实际的人那里叫职业和家庭,在注重精神的人那里叫事业和爱情。食色性也,职业和家庭是社会认可的满足人的两大欲望的手段,当然不能说它们庸俗。然而,职业可能不称心,家庭可能不美满,欲望是满足了,但付出了无穷烦恼的代价。至于事业的成功和爱情的幸福,尽管令人向往之至,却更是没有把握的事情。而且,有些精神太敏感的人,即使得到了这两样东西,还是不能摆脱空虚之感。

所以,人必须有人格上的独立自主。你诚然不能脱离社会和他人生活,但你不能一味攀援在社会建筑物和他人身上。你要自己在生命的土壤中扎根。你要在人生的大海上抛下自己的锚。一个人如果把自己仅仅依附于身外的事物,即使是极其美好的事物,顺利时也许看不出他的内在空虚、缺乏根基,一旦起了风浪,例如社会动乱、事业挫折、亲人亡故、失恋等等,就会一蹶不振乃至精神崩溃。正如爱默生所说:"然而事实是:他早已是一只漂流着的破船,后来起的这一阵风不过向他自己暴露出他流浪的状态。"

爱默生写有长文热情歌颂爱情的魅力,但我更喜欢他的这首诗:

> 为爱牺牲一切,
> 服从你的心;
> 朋友,亲戚,时日,
> 名誉,财产,
> 计划,信用与灵感,
> 什么都能放弃。
> 为爱离弃一切;
> 然而,你听我说:……
> 你需要保留今天,
> 明天,你整个的未来,
> 让它们绝对自由,
> 不要被你的爱人占领。

如果你心爱的姑娘另有所欢,你还她自由。

> 你应当知道

半人半神走了,

神就来了。

世事的无常使得古来许多贤哲主张退隐自守,清静无为,无动于衷。我厌恶这种哲学。我喜欢看见人们生气勃勃地创办事业,如痴如醉地坠入情网,痛快淋漓地享受生命。但是,不要忘记了最主要的事情:你仍然属于你自己。每个人都是一个宇宙,每个人都应该有一个自足的精神世界。这是一个安全的场所,其中珍藏着你最珍贵的宝物,任何灾祸都不能侵犯它。心灵是一本奇特的账簿,只有收入,没有支出,人生的一切痛苦和欢乐,都化作宝贵的体验记入它的收入栏中。是的,连痛苦也是一种收入。人仿佛有了两个自我:一个自我到世界上去奋斗、去追求,也许凯旋,也许败归,另一个自我便含着宁静的微笑,把这遍体汗水和血迹的哭着笑着的自我迎回家来,把丰厚的战利品指给他看,连败归者也有一份。爱默生赞赏儿童身上那种不怕没得饭吃、说话做事从不半点随人的王公贵人派头。一到成年,人就注重别人的观感,得失之患多了。我想,一个人在精神上真正成熟之后,又会返璞归真,重获一颗自足的童心。他消化了社会的成规习见,把它们扬弃了。

## 五

还有一点余兴,也一并写下。有句成语叫大智若愚。人类精神的这种逆反形式很值得研究一番。我还可以举出大善若恶,大悲若喜,大信若疑,大严肃若轻浮。在爱默生的书里,我也找到了若干印证。

悲剧是深刻的,领悟悲剧也须有深刻的心灵。"性情浅薄的人遇到不幸,他的感情仅只是演说式的做作。"然而这不是悲剧。

人生的险难关头最能检验一个人的灵魂深浅。有的人一生接连遭到不幸,却未尝体验过真正的悲剧情感。相反,表面上一帆风顺的人也可能经历巨大的内心悲剧。一切高贵的情感都羞于表白,一切深刻的体验都拙于言辞。大悲者会以笑谑嘲弄命运,以欢容掩饰哀伤。丑角也许比英雄更知人生的辛酸。爱默生举了一个例子:正当喜剧演员卡里尼使整个那不勒斯城的人都笑断肚肠的时候,有一个病人去找城里的一个医生,治疗他致命的忧郁症。医生劝他到戏院去看卡里尼的演出,他回答:"我就是卡里尼。"与此相类似,最高的严肃往往貌似玩世不恭。古希腊人就已经明白这个道理。爱默生引用普鲁塔克的话说:"研究哲理而外表不像研究哲理,在嬉笑中做成别人严肃认真地做的事,这是最高的智慧。"正经不是严肃,就像教条不是真理一样。真理用不着板起面孔来增添它的权威。在那些一本正经的人中间,你几乎找不到一个严肃思考过人生的人。不,他们思考的多半不是人生,而是权力;不是真理,而是利益。真正严肃思考过人生的人知道生命和理性的限度,他能自嘲,肯宽容,愿意用一个玩笑替受窘的对手解围,给正经的论敌一个教训。他以诙谐的口吻谈说真理,仿佛故意要减弱他的发现的重要性,以便只让它进入真正知音的耳朵。尤其是在信仰崩溃的时代,那些佯癫装疯的狂人倒是一些太严肃地对待其信仰的人。鲁迅深知此中之理,说嵇康、阮籍表面上毁坏礼教,实则倒是太相信礼教,因为不满意当权者利用和亵渎礼教,才以反礼教的过激行为发泄内心愤懑。其实,在任何信仰体制之下,多数人并非真有信仰,只是做出相信的样子罢了。于是过分认真的人就起而论究是非,阐释信仰之真谛,结果被视为异端。一部基督教史就是没有信仰的人以维护信仰之名把有信仰的人当做邪教徒烧死的历史。殉道者多半死于同志之手而非敌人之手。所以,爱默生说,伟大的有信仰的人永远被目为异教徒,终于被迫以一连串的怀疑论来表现他的信念。怀疑论实在是过于认真看待信仰或知识的结果。苏格拉底为了弄明智慧的实质,遍访雅典城里号称有智慧的人,结果发现他们只是在那里盲目自信,其实并无智慧。他到头来认为自己仍然不知智慧为何物,说出了那句著名的话:"我知道我一无所知。"哲学史上的怀疑论者大抵都是太认真地要追究人类认识的可靠性,结果反而疑团丛生。

1987.6.

# 在义与利之外

"君子喻于义,小人喻于利。"中国人的人生哲学总是围绕着"义利"二字打转。可是,假如我既不是君子,也不是小人呢?

曾经有过一个人皆君子、言必称义的时代,当时或许有过大义灭利的真君子,但更常见的是假义之名逐利的伪君子和轻信义的旗号的迂君子。那个时代过去了。曾几何时,世风剧变,义的信誉一落千丈,真君子销声匿迹,伪君子真相毕露,迂君子豁然开窍,都一窝蜂奔利而去。据说观念更新,义利之辨有了新解,原来利并非小人的专利,倒是做人的天经地义。

"时间就是金钱!"这是当今的一句时髦口号。企业家以之鞭策生产,本无可非议。但世人把它奉为指导人生的座右铭,用商业精神取代人生智慧,结果就使自己的人生成了一种企业,使人际关系成了一个市场。

我曾经嘲笑廉价的人情味,如今,连人情味也变得昂贵而罕见了。试问,不花钱你可能买到一个微笑,一句问候,一丁点儿恻隐之心?

不过,无须怀旧。想靠形形色色的义的说教来匡正时弊,拯救世风人心,事实上无济于事。在义利之外,还有别样的人生态度。在君子小人之外,还有别样的人格。套孔子的句式,不妨说:"至人喻于情。"

义和利,貌似相反,实则相通。"义"要求人献身抽象的社会实体,"利"驱使人投身世俗的物质利益,两者都无视人的心灵生活,遮蔽了人的真正的"自我"。"义"教人奉献,"利"诱人占有,前者把人生变成一次义务的履行,后者把人生变成一场权利的争夺,殊不知人生的真价值是超乎义务和权利之外的。义和利都脱不开计较,所以,无论义师讨伐叛臣,还是利欲支配众生,人与人之间的关系总是紧张。

如果说"义"代表一种伦理的人生态度,"利"代表一种功利的人生态度,那么,我所说的"情"便代表一种审美的人生态度。它主张率性而行,适情而止,每个人都保持自己的真性情。你不是你所信奉的教义,也不是你所占有的物品,你之为你仅在于你的真实"自我"。生命的意义不在奉献或占有,而在创造,创造就是人的真性情的积极展开,是人在实现其本质力量时所获得的情感上的满足。创造不同于奉献,奉献只是完成外在的责任,创造却是实现真实的"自我"。至于创造和占有,其差别更是一目了然,譬如写作,占有注重的是作品所带来的名利地位,创造注重的只是创作本身的快乐。有真性情的人,与人相处惟求情感的沟通,与物相触独钟情趣的品味。更为可贵的是,在世人匆忙逐利又为利所逐的时代,他接人待物有一种闲适之情。我不是指中国士大夫式的闲情逸致,也不是指小农式的知足保守,而是指一种不为利驱、不为物役的淡泊的生活情怀。仍以写作为例,我想不通,一个人何必要著作等身呢?倘想流芳千古,一首不朽的小诗足矣。倘无此奢求,则只要活得自在即可,写作也不过是这活得自在的一种方式罢了。

王尔德说:"人生只有两种悲剧,一是没有得到想要的东西,另一是得到了想要的东西。"我曾经深以为然,并且佩服他把人生的可悲境遇表述得如此轻松俏皮。但仔细玩味,发现这话的立足点仍是占有,所以才会有占有欲未得满足的痛苦和已得满足的无聊这双重悲剧。如果把立足点移到创造上,以审美的眼光看人生,我们岂不可以反其意而说:人生有两种快乐,一是没

刚上北大，学生证上的照片，1962．

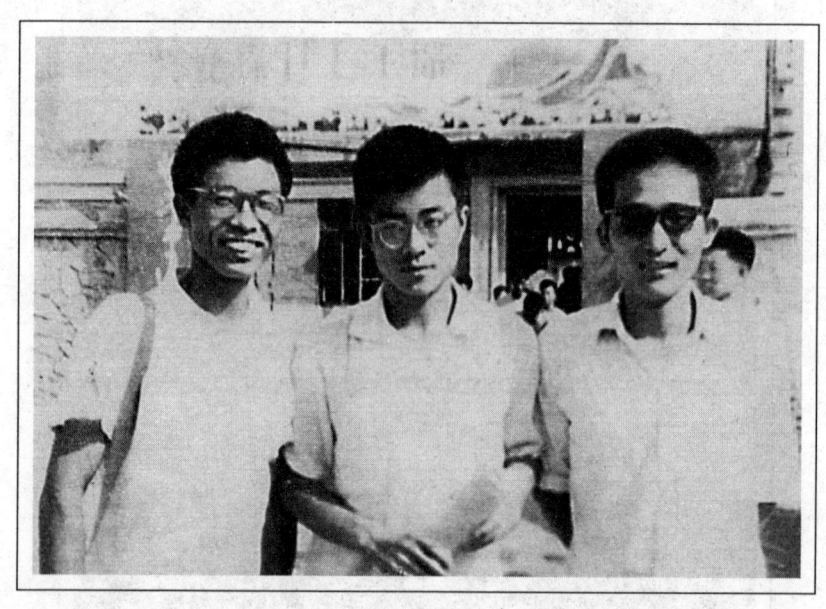

"文革"期间在北大围墙外(左起:林建初、作者、方小早),1967.

有得到想要的东西,于是你可以去寻求和创造;另一是得到了想要的东西,于是你可以去品味和体验?当然,人生总有其不可消除的痛苦,而重情轻利的人所体味到的辛酸悲哀,更为逐利之辈所梦想不到。但是,摆脱了占有欲,至少可以使人免除许多琐屑的烦恼和渺小的痛苦,活得有气度些。我无意以审美之情为救世良策,而只是表达了一个信念:在义与利之外,还有一种更值得一过的人生。这个信念将支撑我度过未来吉凶难卜的岁月。

1988.8.

# 性爱五题

## 一  女人和自然

一个男人真正需要的只是自然和女人。其余的一切,诸如功名之类,都是奢侈品。

当我独自面对自然或面对女人时,世界隐去了。当我和女人一起面对自然时,有时女人隐去,有时自然隐去,有时两者都似隐非隐,朦胧一片。

女人也是自然。

文明已经把我们同自然隔离开来,幸亏我们还有女人,女人是我们与自然之间的最后纽带。

男人抽象而明晰,女人具体而混沌。

所谓形而上的冲动总是骚扰男人,他苦苦寻求着生命的家园。女人并不寻求,因为她从不离开家园,她就是生命、土地、花、草、河流、炊烟。

男人是被逻辑的引线放逐的风筝,他在风中飘摇,向天空奋飞,直到精疲力竭,逻辑的引线断了,终于坠落在地面,回到女人的怀抱。

男人一旦和女人一起生活便自以为已经了解女人了。他忘记了一个真理:我们最熟悉的事物,往往是我们最不了解的。

也许,对待女人的最恰当态度是,承认我们不了解女人,永远保持第一回接触女人时的那种新鲜和神秘的感觉。难道两性差异不是大自然的一个永恒奇迹吗? 对此不再感到惊喜,并不表明了解增深,而只表明感觉已被习惯磨钝。

我确信,两性间的愉悦要保持在一个满意的程度,对彼此身心差异的那种惊喜之感是不可缺少的条件。

## 二 爱和喜欢

"我爱你。"

"不,你只是喜欢我罢了。"她或他哀怨地说。

"爱我吗?"

"我喜欢你。"她或他略带歉疚地回答。

在所有的近义词里,"爱"和"喜欢"似乎被掂量得最多,其间的差别被最郑重其事地看待。这时候男人和女人都成了最一丝不苟的语言学家。

也许没有比"爱"更抽象、更笼统、更歧义、更不可通约的概念了。应该用奥卡姆的剃刀把这个词也剃掉。不许说"爱",要说就说一些比较具体的词眼,例如"想念"、"需要"、"尊重"、"怜悯"等等。这样,事情会简明得多。

怎么,你非说不可? 好吧,既然剃不掉,它就属于你。你在爱。

爱就是对被爱者怀着一些莫须有的哀怜,做一些不必要的事情:怕她(他)冻着饿着,担心她遇到意外,好好的突然想到她有朝一日死了怎么办,轻轻地抚摸她好像她是病人又是易损的瓷器。爱就是做被爱者的保护人的冲动,尽管在旁人看来这种保护毫无必要。

## 三　风骚和魅力

风骚、放荡、性感,这些近义词之间有着细微的差别。

"性感"译自西文 sexappeal,一位朋友说,应该译作汉语中的"骚",其含义正相同。怕未必,只要想想有的女人虽骚却并不性感,就可明白。

"性感"是对一个女人的性魅力的肯定评价,"风骚"则用来描述一个女人在性引诱方面的主动态度。风骚也不无魅力。喜同男性交往的女子,或是风骚的,或是智慧的。你知道什么是尤物吗?就是那种既风骚又智慧的女子。

放荡和贞洁各有各的魅力,但更有魅力的是二者的混合:荡妇的贞洁,或贞女的放荡。

调情之妙,在于情似有似无,若真若假,在有无真假之间。太有太真,认真地爱了起来;或全无全假,一点儿不动情,都不会有调情的兴致。调情是双方认可的意淫,以戏谑的方式表白了也宣泄了对于对方的爱慕或情欲。

昆德拉的定义是颇为准确的:调情是并不兑现的性交许诺。

一个真正有魅力的女人,她的魅力不但能征服男人,而且也能征服女人。因为她身上既有性的魅力,又有人的魅力。

好的女人是性的魅力与人的魅力的统一。好的爱情是性的吸引与人的吸引的统一。好的婚姻是性的和谐与人的和谐的统一。

性的诱惑足以使人颠倒一时,人的魅力方能使人长久倾心。

大艺术家兼有包容性和驾驭力,他既能包容广阔的题材和多样的风格,又能驾驭自己的巨大才能。

好女人也如此。她一方面能包容人生丰富的际遇和体验,其中包括男人们的爱和友谊;另一方面又能驾驭自己的感情,不流于轻浮,不会在情欲的汪洋上覆舟。

## 四 嫉妒和宽容

性爱的排他性,所欲排除的只是别的同性对手,而不是别的异性对象。它的根据不在性本能中,而在嫉妒本能中。事情够清楚的:自己的所爱再有魅力,也不会把其他所有异性的魅力都排除掉。在不同异性对象身上,性的魅力并不互相排斥。所以,专一的性爱仅是各方为了照顾自己的嫉妒心理而自觉地或被迫地向对方的嫉妒心理做出的让步,是一种基于嫉妒本能的理智选择。

可是,什么是嫉妒呢?嫉妒无非是虚荣心的受伤。

虚荣心的伤害是最大的,也是最小的,全看你在乎的程度。

在性爱中,嫉妒和宽容各有其存在的理由。如果你真心爱一个异性,当他(她)与别人发生性爱关系时,你不可能不嫉妒。如果你是一个通晓人类天性的智者,你又不会不对他(她)宽容。这是带着嫉妒的宽容和带着宽容的嫉妒。二者互相约束,使得你的嫉妒成为一种有尊严的嫉妒,你的宽容也成为一种有尊严的宽容。相反,在此种情境中一味嫉妒,毫不宽容;或者一味宽容,毫不嫉妒,则都是失了尊严的表现。

好的爱情有韧性,拉得开,但又扯不断。

相爱者互不束缚对方,是他们对爱情有信心的表现。谁也不限制谁,到头来仍然是谁也离不开谁,这才是真爱。

## 五　弹性和灵性

我所欣赏的女人,有弹性,有灵性。

弹性是性格的张力。有弹性的女人,性格柔韧,伸缩自如。她善于妥协,也善于在妥协中巧妙地坚持。她不固执己见,但在不固执中自有一种主见。

都说男性的优点是力,女性的优点是美。其实,力也是好女人的优点。区别只在于,男性的力往往表现为刚强,女性的力往往表现为柔韧。弹性就是女性的力,是化作温柔的力量。

弹性的反面是僵硬或软弱。和僵硬的女人相处,累。和软弱的女人相处,也累。相反,有弹性的女人既温柔,又洒脱,使人感到双倍的轻松。

如果说爱是一门艺术,那么,弹性便是善于爱的女子固有的艺术气质。

灵性是心灵的理解力。有灵性的女人天生慧质,善解人意,善悟事物的真谛。她极其单纯,在单纯中却有一种惊人的深刻。

如果说男性的智慧偏于理性,那么,灵性就是女性的智慧,它是和肉体相融合的精神,未受污染的直觉,尚未蜕化为理性的感性。

灵性的反面是浅薄或复杂。和浅薄的女人相处,乏味。和复杂的女人相处,也乏味。有灵性的女人则以她的那种单纯的深刻使我们感到双倍的韵味。

所谓复杂的女人,既包括心灵复杂,工于利益的算计,也包括头脑复杂,热衷于抽象的推理。在我看来,两者都是缺乏灵性的表现。

有灵性的女子最宜于做天才的朋友,她既能给天才以温馨的理解,又能纠正男性智慧的偏颇。在幸运天才的生涯中,往往有这类女子的影子。未受这类女子滋润的天才,则每每因孤独和偏执而趋于狂暴。

其实,弹性和灵性是不可分的。灵性其内,弹性其外。心灵有理解力,接人待物才会宽容灵活。相反,僵硬固执之辈,天性必愚钝。

灵性与弹性的结合,表明真正的女性智慧也具一种大器,而非琐屑的小聪明。智慧的女子一定有大家风度。

弹性和灵性又是我所赞赏的两性关系的品格。

好的两性关系有弹性,彼此既非僵硬地占有,也非软弱地依附。相爱的人给予对方的最好礼物是自由。两个自由人之间的爱,拥有必要的张力。这种爱牢固,但不板结;缠绵,但不粘滞。没有缝隙的爱太可怕了,爱情在其中失去了自由呼吸的空间,迟早要窒息。

好的两性关系当然也有灵性,双方不但获得官能的满足,而且获得心灵的愉悦。现代生活的匆忙是性爱的大敌,它省略细节,缩减过程,把两性关系简化为短促的发泄。两性的肉体接触更随便了,彼此在精神上却更陌生了。

1988.9.

# 悲观·执著·超脱

## 一

　　人的一生,思绪万千。然而,真正让人想一辈子,有时想得惊心动魄,有时不去想仍然牵肠挂肚,这样的问题并不多。透底地说,人一辈子只想一个问题,这个问题一视同仁无可回避地摆在每个人面前,令人困惑得足以想一辈子也未必想清楚。

　　回想起来,许多年里纠缠着也联结着我的思绪的动机始终未变,它催促我阅读和思考,激励我奋斗和追求,又规劝我及时撤退,甘于淡泊。倘要用文字表达这个时隐时显的动机,便是一个极简单的命题:只有一个人生。

　　如果人能永远活着或者活无数次,人生问题的景观就会彻底改变,甚至根本不会有人生问题存在了。人生之所以成为一个问题,前提是生命的一次性和短暂性。不过,从只有一个人生这个前提,不同的人,不,同一个人可以引出不同的结论。也许,困惑正在于这些彼此矛盾的结论似乎都有道理。也许,智慧也正在于使这些彼此矛盾的结论达成辩证的和解。

## 二

　　无论是谁,当他初次意识到只有一个人生这个令人伤心的事实时,必定会产生一种幻灭感。生命的诱惑刚刚在地平线上出现,却一眼看到了它的尽头。一个人生太少了!心中涌动着如许欲望和梦幻,一个人生怎么够用?为什么历史上有好多帝国和王朝,宇宙间有无数星辰,而我却只有一个人生?在帝国兴衰、王朝更迭的历史长河中,在星辰的运转中,我的这个小小人生岂非等于零?它确实等于零,一旦结束,便不留一丝影踪,与从未存在过有何区别?

捷克作家昆德拉笔下的一个主人公常常重复一句德国谚语,大意是:"只活一次等于未尝活过。"这句谚语非常简练地把只有一个人生与人生虚无画了等号。

近读金圣叹批《西厢记》,这位独特的评论家极其生动地描述了人生短暂使他感到的无可奈何的绝望。他在序言中写道:自古迄今,"几万万年月皆如水逝、云卷、风驰、电掣,无不尽去,而至于今年今月而暂有我。此暂有之我,又未尝不水逝、云卷、风驰、电掣而疾去也。"我也曾想有作为,但这所作所为同样会水逝、云卷、风驰、电掣而尽去,于是我不想有作为了,只想消遣,批《西厢记》即是一消遣法。可是,"我诚无所欲为,则又何不疾作水逝、云卷、风驰、电掣,顷刻尽去?"想到这里,连消遣的心思也没了,真是万般无奈。

古往今来,诗哲们关于人生虚无的喟叹不绝于耳,无须在此多举。悲观主义的集大成当然要数佛教,归结为一个"空"字。佛教的三项基本原则(三法印)无非是要我们由人生的短促("诸行无常"),看破人生的空幻("诸法无我"),从而自觉地放弃人生("涅槃寂静")。

## 三

人要悲观实在很容易,但要彻底悲观却也并不容易,只要看看佛教徒中难得有人生前涅槃,便足可证明。但凡不是悲观到马上自杀,求生的本能自会找出种种理由来和悲观抗衡。事实上,从只有一个人生的前提,既可推论出人生了无价值,也可推论出人生弥足珍贵。物以稀为贵,我们在世上最觉稀少、最嫌不够的东西便是这迟早要结束的生命。这惟一的一个人生是我们的全部所有,失去它我们便失去了一切,我们岂能不爱它,不执著于它呢?

诚然,和历史、宇宙相比,一个人的生命似乎等于零。但是,雪莱说得好:"同人生相比,帝国兴衰、王朝更迭何足挂齿!同人生相比,日月星辰的运转与归宿又算得了什么!"面对无边无际的人生之爱,那把人生对照得极其渺小的无限时空,反倒退避三舍,不足为虑了。人生就是一个人的疆界,最要紧的是负起自己的责任,管好这个疆界,而不是越过它无谓地悲叹天地之悠悠。

古往今来,尽管人生虚无的悲论如缕不绝,可是劝人执著人生爱惜光阴的教诲更是谆谆在耳。两相比较,执著当然比悲观明智得多。悲观主义是一条绝路,冥思苦想人生的虚无,想一辈子也还是那么一回事,绝不会有柳暗花明的一天,反而窒息了生命的乐趣。不如把这个虚无放到括号里,集中精力做好人生的正面文章。既然只有一个人生,世人心目中值得向往的东西,无论成功还是幸福,今生得不到,就永无得到的希望了,何不以紧迫的心情和执著的努力,把这一切追求到手再说?

## 四

可是,一味执著也和一味悲观一样,同智慧相去甚远。悲观的危险是对人生持厌弃的态度,执著的危险则是对人生持占有的态度。

所谓对人生持占有的态度,倒未必专指那种惟利是图、贪得无厌的行径。弗罗姆在《占有或存在》一书中具体入微地剖析了占有的人生态度，它体现在学习、阅读、交谈、回忆、信仰、爱情等一切日常生活经验中。据我的理解，凡是过于看重人生的成败、荣辱、福祸、得失，视成功和幸福为人生第一要义和至高目标者，即可归入此列。因为这样做实质上就是把人生看成了一种占有物，必欲向之获取最大效益而后快。

但人生是占有不了的。毋宁说，它是侥幸落到我们手上的一件暂时的礼物，我们迟早要把它交还。我们宁愿怀着从容闲适的心情玩味它，而不要让过分急切的追求和得失之患占有了我们，使我们不再有玩味的心情。在人生中还有比成功和幸福更重要的东西，那就是凌驾于一切成败福祸之上的豁达胸怀。在终极的意义上，人世间的成功和失败、幸福和灾难，都只是过眼烟云，彼此并无实质的区别。当我们这样想时，我们和我们的身外遭遇保持了一个距离，反而和我们的真实人生贴得更紧了，这真实人生就是一种既包容又超越身外遭遇的丰富的人生阅历和体验。

我们不妨眷恋生命、执著人生，但同时也要像蒙田说的那样，收拾好行装，随时准备和人生告别。入世再深，也不忘它的限度。这样一种执著有悲观垫底，就不会走向贪婪。有悲观垫底的执著，实际上是一种超脱。

## 五

我相信一切深刻的灵魂都蕴藏着悲观。换句话说，悲观自有其深刻之处。死是多么重大的人生事件，竟然不去想它，这只能用怯懦或糊涂来解释。用贝多芬的话说："不知道死的人真是可怜虫！"

当然，我们可以补充一句："只知道死的人也是可怜虫！"真正深刻的灵魂绝不会沉溺于悲观。悲观本源于爱,为了爱又竭力与悲观抗争,反倒有了超乎常人的创造,贝多芬自己就是最好的例子。不过,深刻更在于,无论获得多大成功,也消除不了内心蕴藏的悲观,因而终能以超脱的眼光看待这成功。如果一种悲观可以轻易被外在的成功打消,我敢断定那不是悲观,而只是肤浅的烦恼。

超脱是悲观和执著两者激烈冲突的结果,又是两者的和解。前面提到金圣叹因批"西厢"而引发了一段人生悲叹,但他没有止于此,否则我们今天就不会读到他批的"西厢"了。他太爱"西厢",非批不可,欲罢不能。所以,他接着笔锋一转,写道:既然天地只是偶然生我,那么,"未生已前非我也。既去已后又非我也。然则今虽犹尚暂在,实非我也。"于是,"以非我者之日月,误而任我之唐突可也;以非我者之才情,误而供我之挥霍可也。"总之,我可以让那个非我者去批"西厢"而供我作消遣了。他的这个思路,巧妙地显示了悲观和执著在超脱中达成的和解。我心中有悲观,也有执著。我愈执著,就愈悲观;愈悲观,就愈无法执著,陷入了二律背反。我干脆把自己分裂为二,看透那个执著的我是非我,任他去执著。执著没有悲观牵肘,便可放手执著。悲观扬弃执著,也就成了超脱。不仅把财产、权力、名声之类看作身外之物,而且把这个终有一死的"我"也看作身外之物,如此才有真正的超脱。

由于只有一个人生,颓废者因此把它看作零,堕入悲观的深渊。执迷者又因此把它看作全,激起占有的热望。两者均未得智慧的真髓。智慧是在两者之间,确切地说,是包容了两者又超乎两者之上。人生既是零,又是全,是零和全的统一。用全否定零,以反抗虚无,又用零否定全,以约束贪欲,智慧仿佛走着这螺旋形的路。不过,这只是一种简化的描述。事实上,在一个热爱人生而又洞察人生的真相的人心中,悲观、执著、超脱三种因素始终都存在着,没有一种会完全消失,智慧就存在于它们此消彼长的动态平衡之中。我不相信世上有一劳永逸彻悟人生的"无上觉者",如果有,他也业已涅槃成佛,不再属于这个活人的世界了。

1990.10.

# 等 的 滋 味

　　人生有许多时光是在等中度过的。有千百种等,等有千百种滋味。等的滋味,最是一言难尽。

　　我不喜欢一切等。无论所等的是好事,坏事,好坏未卜之事,不好不坏之事,等总是无可奈何的。等的时候,一颗心悬着,这滋味不好受。

　　就算等的是幸福吧,等本身却说不上幸福。想象中的幸福愈诱人,等的时光愈难捱。例如,"月上柳梢头,人约黄昏后"自是一件美事,可是,性急的情人大约都像《西厢记》里那一对儿,"自从那日初时,想月华,捱一刻似一夏。"只恨柳梢日轮下得迟,月影上得慢。第一次幽会,张生等莺莺,忽而倚门翘望,忽而卧床哀叹,心中无端猜度佳人来也不来,一会儿怨,一会儿谅,那副神不守舍的模样委实惨不忍睹。我相信莺莺就不至于这么惨。幽会前等的一方要比赴的一方更受煎熬,就像惜别后留的一方要比走的一方更觉凄凉一样。那赴的走的多少是主动的,这等的留的却完全是被动的。赴的未到,等的人面对的是静止的时间。走的去了,留的人面对的是空虚的空间。等的可怕,在于等的人对于所等的事完全不能支配,对于其他的事又完全没有心思,因而被迫处在无所事事的状态。有所期待使人兴奋,无所事事又使人无聊,等便是混合了兴奋和无聊的一种心境。随着等的时间延长,兴奋转成疲劳,无聊的心境就会占据优势。如果佳人始终不来,才子只要不是愁得竟吊死在那棵柳树上,恐怕就只有在月下伸懒腰打呵欠的份了。

人等好事嫌姗姗来迟,等坏事同样也缺乏耐心。没有谁愿意等坏事,坏事而要等,是因为在劫难逃,实出于不得已。不过,既然在劫难逃,一般人的心理便是宁肯早点了结,不愿无谓拖延。假如我们所爱的一位亲人患了必死之症,我们当然惧怕那结局的到来。可是,再大的恐惧也不能消除久等的无聊。在《战争与和平》中,娜塔莎一边守护着弥留之际的安德列,一边在编一只袜子。她爱安德列胜于世上的一切,但她仍然不能除了等心上人死之外什么事也不做。一个人在等自己的死时会不会无聊呢?这大约首先要看有无足够的精力。比较恰当的例子是死刑犯,我揣摩他们只要离刑期还有一段日子,就不可能一门心思只想着那颗致命的子弹。恐惧如同一切强烈的情绪一样难以持久,久了会麻痹,会出现间歇。一旦试图做点什么事填充这间歇,阵痛般发作的恐惧又会起来破坏任何积极的念头。一事不做地坐等一个注定的灾难发生,这种等实在荒谬,与之相比,灾难本身反倒显得比较好忍受一些了。

无论等好事还是等坏事,所等的那个结果是明确的。如果所等的结果对于我们关系重大,但吉凶未卜,则又别是一番滋味在心头。这时我们宛如等候判决,心中焦虑不安。焦虑实际上是由彼此对立的情绪纠结而成,其中既有对好结果的盼望,又有对坏结果的忧惧。一颗心不仅悬在半空,而且七上八下,大受颠簸之苦。说来可怜,我们自幼及长,从做学生时的大小考试,到毕业后的就业、定级、升迁、出洋等等,一生中不知要过多少关口,等候判决的滋味真没有少尝。当然,一个人如果有足够的悟性,就迟早会看淡浮世功名,不再把自己放在这个等候判决的位置上。但是,若非修炼到类似涅槃的境界,恐怕就总有一些事情的结局是我们不能无动于衷的。此刻某机关正在研究给不给我加薪,我可以一哂置之。此刻某医院正在给我的妻子动剖腹产手术，我还能这么豁达吗？到产科手术室门外去看看等候在那里的丈夫们的冷峻脸色，我们就知道等候命运判决是多么令人心焦的经历了。在人生的道路上，我们难免会走到某几扇陌生的门前等候开启，那心情便接近于等在产科手术室门前的丈夫们的心情。

不过，我们一生中最经常等候的地方不是门前，而是窗前。那是一些非常窄小的窗口，有形的或无形的，分布于商店、银行、车站、医院等与生计有关的场所，以及办理种种烦琐手续的机关衙门。我们为了生存，不得不耐着性子，排着队，缓慢地向它们挪动，然后屈辱地侧转头颅，以便能够把我们的视线、手和手中的钞票或申请递进那个窄洞里，又摸索着取出我们所需要的票据文件等等。这类小窗口常常无缘无故关闭，好在我们的忍耐力磨炼得非常发达，已经习惯于默默地无止境地等待了。

等在命运之门前面，等的是生死存亡，其心情是焦虑，但不乏悲壮感。等在生计之窗前面，等的是柴米油盐，其心情是烦躁，掺和着屈辱感。前一种等，因为结局事关重大，不易感到无聊。然而，如果我们的悟性足以平息焦虑，那么，在超脱中会体味一种看破人生的大无聊。后一种等，因为对象平凡琐碎，极易感到无聊，但往往是一种习以为常的小无聊。

说起等的无聊，恐怕没有比逆旅中的迫不得已的羁留更甚的了。所谓旅人之愁，除离愁、乡愁外，更多的成分是百无聊赖的闲愁。譬如，由于交通中断，不期然被耽搁在旅途某个荒村野店，通车无期，举目无亲，此情此境中的烦闷真是难以形容。但是，若把人生比作逆旅，我们便会发现，途中耽搁实在是人生的寻常遭际。我们向理想生活进发，因了种种必然的限制和偶然的变故，或早或迟在途中某一个点上停了下来。我们相信这是暂时的，总在等着重新上路，希望有一天能过自己真正想过的生活，殊不料就在这个点上永远停住了。有些人渐渐变得实际，心

在北大 38 楼 120 寝室，1967.

与郭世英在前海西街18号,1967.

安理得地在这个点上安排自己的生活。有些人仍然等啊等,岁月无情,到头来悲叹自己被耽误了一辈子。

那么,倘若生活中没有等,又怎么样呢?在说了等这么多坏话之后,我忽然想起等的种种好处,不禁为我的忘恩负义汗颜。

我曾经在一个农场生活了一年半。那是湖中的一个孤岛,四周只见茫茫湖水,不见人烟。我们在岛上种水稻,过着极其单调的生活。使我终于忍受住这单调生活的正是等——等信。每天我是怀着怎样殷切的心情等送信人到来的时刻啊,我仿佛就是为这个时刻活着的,尽管等常常落空,但是等本身就为一天的生活提供了色彩和意义。

我曾经在一间地下室里住了好几年。日复一日,只有我一个人。当我伏案读书写作的时候,我不由自主地在等——等敲门声。我期待我的同类访问我,这期待使我感到我还生活在人间,地面上的阳光也有我一份。我不怕读书写作被打断,因为无须来访者,极度的寂寞早已把它们打断一次又一次了。

不管等多么需要耐心,人生中还是有许多值得等的事情的:等冬夜里情人由远及近的脚步声,等载着久别好友的列车缓缓进站,等第一个孩子出生,等孩子咿呀学语偶然喊出一声爸爸后再喊第二第三声,等第一部作品发表,等作品发表后读者的反响和共鸣……

可以没有爱情,但如果没有对爱情的憧憬,哪里还有青春?可以没有理解,但如果没有对理解的期待,哪里还有创造?可以没有所等的一切,但如果没有等,哪里还有人生?活着总得等待什么,哪怕是等待戈多。有人问贝克特,戈多究竟代表什么,他回答道:"我要是知道,早在剧中说出来了。"事实上,我们一生都在等待自己也不知道的什么,生活就在这等待中展开并且获得了理由。等的滋味不免无聊,然而,一无所等的生活更加无聊。不,一无所等是不可能的。即使在一无所等的时候,我们还是在等,等那个有所等的时刻到来。一个人到了连这样的等也没有的地步,就非自杀不可。所以,始终不出场的戈多先生实在是人生舞台的主角,没有他,人生这场戏是演不下去的。

人生惟一有把握不会落空的等是等那必然到来的死。但是,人人都似乎忘了这一点而在等着别的什么,甚至死到临头仍执迷不悟。我对这种情形感到悲哀又感到满意。

1991.1.

# 平淡的境界

很想写好的散文,一篇篇写,有一天突然发现竟积了厚厚一摞。这样过日子,倒是很惬意的。至于散文怎么算好,想来想去,还是归于"平淡"二字。

以平淡为散文的极境,这当然不是什么新鲜的见解。苏东坡早就说过"寄至味于淡泊"一类的话。今人的散文,我喜欢梁实秋的,读起来真是非常舒服,他追求的也是"绚烂之极归于平淡"的境界。不过,要达到这境界谈何容易。"作诗无古今,惟造平淡难。"之所以难,我想除了在文字上要下千锤百炼的功夫外,还因为这不是单单文字功夫能奏效的。平淡不但是一种文字的境界,更是一种胸怀,一种人生的境界。

仍是苏东坡说的:"大凡为文,当使气象峥嵘,五色绚烂,渐老渐熟,乃造平淡。"所谓老熟,想来不光指文字,也包含年龄阅历。人年轻时很难平淡,譬如正走在上山的路上,多的是野心和幻想。直到攀上绝顶,领略过了天地的苍茫和人生的限度,才会生出一种散淡的心境,不想再匆匆赶往某个目标,也不必再担心错过什么,下山就从容多了。所以,好的散文大抵出在中年之后,无非是散淡人写的散淡文。

当然,年龄不能担保平淡,多少人一辈子蝇营狗苟,死不觉悟。说到文人,最难戒的却是卖弄,包括我自己在内。写文章一点不卖弄殊不容易,而一有卖弄之心,这颗心就已经不平淡了。举凡名声、地位、学问、经历,还有那一副多愁善感的心肠,都可以拿来卖弄。不知哪里吹来一股风,散文中开出了许多顾影自怜的小花朵。读有的作品,你可以活脱看到作者多么知道自己多愁善感,并且被自己的多愁善感所感动,于是愈发多愁善感了。戏演得愈真诚,愈需要观众。他确实在想象中看到了读者的眼泪,自己禁不住也流泪,泪眼朦胧地在稿子上签下了自己的名字。

好的散文家是旅人,他只是如实记下自己的人生境遇和感触。这境遇也许很平凡,这感触也许很普通,然而是他自己的,他舍不得丢失。他写时没有想到读者,更没有想到流传千古。他知道自己是易朽的,自己的文字也是易朽的,不过他不在乎。这个世界已经有太多的文化,用不着他再来添加点什么。另一方面呢,他相信人生最本质的东西终归是单纯的,因而不会永远消失。他今天所拣到的贝壳,在他之前一定有许多人拣到过,在他之后一定还会有许多人拣到。想到这一点,他感到很放心。

有一年我到云南大理,坐在洱海的岸上,看白云在蓝天缓缓移动,白帆在蓝湖缓缓移动,心中异常宁静。这景色和这感觉千古如斯,毫不独特,却很好。那时就想,刻意求独特,其实也是一种文人的做作。活到今天,我觉得自己已经基本上(不是完全)看淡了功名富贵,如果再放下那一份"语不惊人死不休"的虚荣心,我想我一定会活得更自在,那么也许就具备了写散文的初步条件。

1991.6.

# 人 生 寓 言

## 一 告别遗体的队伍

那支一眼望不到头的队伍缓慢地、肃穆地向前移动着。我站在队伍里,胸前别着一朵小白花,小白花正中嵌着我的照片,别人和我一样,也都佩戴着嵌有自己的照片的小白花。

钟表奏着单调的哀乐。

这是永恒的仪式,我们排着队走向自己的遗体,同它做最后的告别。

我听见有人哭泣着祈祷:"慢些,再慢些。"

可等待的滋味是最难受,哪怕是等待死亡,连最怕死的人也失去耐心了。女人们开始结毛衣,拉家常。男人们互相递烟,吹牛,评论队伍里的漂亮女人。那个小伙子伸手触一下排在他前面的姑娘的肩膀,姑娘回头露齿一笑。一位画家打开了画夹。一位音乐家架起了提琴。现在这支队伍沉浸在一片生气勃勃的喧闹声里了。

可怜的人呵,你们在走向死亡!

我笑笑:我没有忘记。这又怎么样呢?生命害怕单调甚于害怕死亡,仅此就足以保证它不可战胜了。它为了逃避单调必须丰富自己,不在乎结局是否徒劳。

## 二  哲学家和他的妻子

哲学家爱流浪,他的妻子爱定居。不过,她更爱丈夫,所以毫无怨言地跟随哲学家浪迹天涯。每到一地,找到了临时住所,她就立刻精心布置,仿佛这是一个永久的家。

"住这里是暂时的,凑合过吧!"哲学家不以为然地说。

她朝丈夫笑笑,并不停下手中的活。不多会儿,哲学家已经舒坦地把身子埋进妻子刚安放停当的沙发里,吸着烟,沉思严肃的人生问题了。

我忍不住打断哲学家的沉思,说道:"尊敬的先生,别想了,凑合过吧,因为你在这世界上的居住也是暂时的!"

可是,哲学家的妻子此刻正幸福地望着丈夫,心里想:"他多么伟大呵……"

## 三  幸福的西绪弗斯

西绪弗斯被罚推巨石上山,每次快到山顶,巨石就滚回山脚,他不得不重新开始这徒劳的苦役。听说他悲观沮丧到了极点。

可是,有一天,我遇见正在下山的西绪弗斯,却发现他吹着口哨,迈着轻盈的步伐,一脸无忧无虑的神情。我生平最怕见到大不幸的人,譬如说身患绝症的人,或刚死了亲人的人,因为对他们的不幸,我既不能有所表示,怕犯忌;又不能无所表示,怕显得我没心没肺。所以,看见西绪弗斯迎面走来,尽管不是传说的那副凄苦模样,深知他的不幸身世的我仍感到局促不安。

没想到西绪弗斯先开口了,他举起手,对我喊道:

"喂,你瞧,我逮了一只多漂亮的蝴蝶!"

我望着他渐渐远逝的背影,不禁思忖:总有些事情是宙斯的神威鞭长莫及的,那是一些太细小的事情,在那里便有了西绪弗斯(和我们整个人类)的幸福。

## 四　诗人的花园

诗人想到人生的虚无,就痛不欲生。他决定自杀。他来到一片空旷的野地里,给自己挖了一个坟。他看这坟太光秃,便在周围种上树木和花草。种啊种,他渐渐迷上了园艺,醉心于培育各种珍贵树木和奇花异草,他的成就也终于遐迩闻名,吸引来一批又一批的游人。

有一天,诗人听见一个小女孩问她的妈妈:

"妈妈,这是什么呀?"

妈妈回答:"我不知道,你问这位叔叔吧。"

小女孩的小手指着诗人从前挖的那个坟坑。诗人脸红了。他想了想,说:"小姑娘,这是叔叔特意为你挖的树坑,你喜欢什么,叔叔就种什么。"

小女孩和她的妈妈都高兴地笑了。

我知道诗人在说谎,不过,这一回,我原谅了他。

## 五　抉择

一个农民从洪水中救起了他的妻子,他的孩子却被淹死了。

事后,人们议论纷纷。有的说他做得对,因为孩子可以再生一个,妻子却不能死而复活。有的说他做错了,因为妻子可以另娶一个,孩子却不能死而复活。

我听了人们的议论,也感到疑惑难决:如果只能救活一人,究竟应该救妻子呢,还是救孩子?

于是我去拜访那个农民,问他当时是怎么想的。

他答道:"我什么也没想。洪水袭来,妻子在我身边,我抓住她就往附近的山坡游。当我返回时,孩子已经被洪水冲走了。"

归途上,我琢磨着农民的话,对自己说:所谓人生的重大抉择岂非多半如此?

## 六 罪犯

一个老实汉子进城,正遇上警察抓小偷,被误抓了起来。审讯时,法官厉声喝道:"你犯了什么罪?从实招来!"

汉子答:"小的不曾犯罪。"

法官冷笑道:"你不曾犯罪,为何偏偏抓你,不抓别人?"

汉子无言以对,于是被定罪,判了一年监禁。

刑满释放后,汉子回到村里,依然老实种地。但他从此遭到了众人的唾弃,连小偷见了也要朝他的背影啐一口唾沫,骂道:"呸,罪犯!"

## 七 生命的得失

一个婴儿刚出生就夭折了。一个老人寿终正寝了。一个中年人暴亡了。他们的灵魂在去天国的途中相遇,彼此诉说起了自己的不幸。

婴儿对老人说:"上帝太不公平,你活了这么久,而我却等于没活过。我失去了整整一辈子。"

老人回答:"你几乎不算得到了生命,所以也就谈不上失去。谁受生命的赐予最多,死时失去的也最多。长寿非福也。"

中年人叫了起来:"有谁比我惨!你们一个无所谓活不活,一个已经活够数,我却死在正当年。把生命曾经赐予的和将要赐予的都失去了。"

他们正谈论着,不觉到达天国门前,一个声音在头顶响起:

"众生啊,那已经逝去的和未曾到来的都不属于你们,你们有什么可失去的呢?"

三个灵魂齐声喊道:"主啊,难道我们中间没有一个最不幸的人吗?"

上帝答道:"最不幸的人不止一个,你们全是,因为你们全都自以为所失最多。谁受这个念头折磨,谁的确就是最不幸的人。"

## 八　寻短见的少妇

夏天的傍晚,一个美丽的少妇投河自尽,被正在河中划船的白胡子艄公救起。

"你年纪轻轻,为何寻短见?"艄公问。

"我结婚两年,丈夫就遗弃了我,接着孩子又病死。您说,我活着还有什么乐趣?"少妇哭诉道。

"两年前你是怎么过的?"艄公又问。

少妇的眼睛亮了:"那时我自由自在,无忧无虑……"

"那时你有丈夫和孩子吗?"

"当然没有。"

"那么,你不过是被命运之船送回到了两年前。现在你又自由自在、无忧无虑了。请上岸吧。"

话音刚落,少妇已在岸上,艄公则不知去向。少妇恍若做了一个梦,她揉了揉眼睛,想了想,离岸走了。她没有再寻短见。

## 九 流浪者和他的影子

命运如同一个人的影子,有谁能够摆脱自己的影子呢?

可是,有一天,一个流浪者对于自己的命运实在不堪忍受,便来到一座神庙,请求神允许他和别人交换命运。神说:"如果你能找到一个对自己命运完全满意的人,你就和他交换吧。"

按照神的指示,流浪者出发去寻找了。他遍访城市和乡村,竟然找不到一个对自己命运完全满意的人。凡他遇到的人,只要一说起命运,个个摇头叹息,口出怨言。甚至那些王公贵族、达官富豪、名流权威,他们的命运似乎令人羡慕,但他们自己并不满意。事实上,世人所见的确只是他们的命运之河的表面景色,底下许多阴暗曲折惟有他们自己知道。

流浪者终于没有找到一个可以和他交换命运的人。直到今天,他仍然拖着他自己的影子到处流浪。

## 十 白兔和月亮

在众多的兔姐妹中,有一只白兔独具审美的慧心。她爱大自然的美,尤爱皎洁的月色。每天夜晚,她来到林中草地,一边无忧无虑地嬉戏,一边心旷神怡地赏月。她不愧是赏月的行家,在她的眼里,月的阴晴圆缺无不各具风韵。

于是,诸神之王召见这只白兔,向她宣布了一个慷慨的决定:

"万物均有所归属。从今以后,月亮归属于你,因为你的赏月之才举世无双。"

白兔仍然夜夜到林中草地赏月。可是,说也奇怪,从前的闲适心情一扫而光了,脑中只绷着一个念头:"这是我的月亮!"她牢牢盯着月亮,就像财主盯着自己的金窖。乌云蔽月,她便紧张不安,惟恐宝藏丢失。满月缺损,她便心痛如割,仿佛遭了抢劫。在她的眼里,月的阴晴圆缺不再各具风韵,反倒险象迭生,勾起了无穷的得失之患。

和人类不同的是,我们的主人公毕竟慧心未灭,她终于去拜见诸神之王,请求他撤销了那个慷慨的决定。

## 十一　孪生兄弟

生和死是一对孪生兄弟。死对他的哥哥眷恋不舍,生走到哪里,他就跟到哪里。可是,生却讨厌他的这个弟弟,避之惟恐不及。尤其使他扫兴的是,往往在举杯纵饮的时候,死突然出现了,把他满斟的酒杯碰落在地,摔得粉碎。

"你这个冤家,当初母亲既然生我,又何必生你,既然生你,又何必生我!"生绝望地喊道。

"好哥哥,别这么说。没有我,你岂不寂寞?"死心平气和地说。

"永远不!"

"可是你想想,如果没有我和你竞争,你的享乐有何滋味?如果没有我同台演出,你的戏剧岂能精彩?如果没有我给你灵感,你心中怎会涌出美的诗歌,眼前怎会展现美的图画?"

"我宁可寂寞,也不愿见到你!"

"好哥哥,这可办不到。母亲怕你寂寞,才嘱我陪伴你。我这个孝子怎能不从母命?"

于是生来到大自然母亲面前,请求她把可恶的弟弟带走,别让他再纠缠自己。然而,大自然是一位大智大慧的母亲,绝不迁就儿子的任性。生只好服从母亲的安排,但并不领会如此安排的好意,所以对死始终怀着一种无可奈何的怨恨心情。

## 十二　小公务员的死

某机关有一个小公务员,一向过着安分守己的日子。有一天,他忽然得到通知,一位从未听说过的远房亲戚在国外死去,临终指定他为遗产继承人。那是一爿价值万金的珠宝商店。小公务员欣喜若狂,开始忙碌地为出国做种种准备。待到一切就绪,即将动身,他又得到通知,一场大火焚毁了那爿商店,珠宝也丧失殆尽。小公务员空欢喜一场,重返机关上班。但他似乎变了一个人,整日愁眉不展,逢人便诉说自己的不幸。

"那可是一笔很大的财产啊,我一辈子的薪水还不及它的零头呢。"他说。

同事们原先都嫉妒得要命,现在一齐怀着无比轻松的心情陪着他叹气。惟有一个同事非但不表同情,反而嘲笑他自寻烦恼。

"你不是和从前一样,什么也没有失去吗?"那个同事问道。

"这么一大笔财产,竟说什么也没有失去!"小公务员心疼得叫起来。

"在一个你从未到过的地方,有一爿你从未见过的商店遭了火灾,这与你有什么关系呢?"

"可那是我的商店呀!"

那个同事哈哈大笑,于是被别的同事一致判为幸灾乐祸的人。据说不久以后,小公务员死于忧郁症。

## 十三　执迷者悟

佛招弟子,应试者有三人:一个太监,一个嫖客,一个疯子。

佛首先考问太监:"诸色皆空,你知道吗?"

太监跪答:"知道。学生从不近女色。"

佛一摆手:"不近诸色,怎知色空?"

佛又考问嫖客:"悟者不迷,你知道吗?"

嫖客嬉皮笑脸答:"知道,学生享尽天下女色,可对哪个婊子都不迷恋。"

佛一皱眉:"没有迷恋,哪来觉悟?"

最后轮到疯子了。佛微睁慧眼,并不发问,只是慈祥地看着他。

疯子捶胸顿足,凄声哭喊:"我爱!我爱!"

佛双手合十:"善哉,善哉。"

佛收留疯子做弟子,开启他的佛性,终于使他成了正果。

1988.11.—1991.7.

# 孔子的洒脱

我喜欢读闲书,即使是正经书,也不妨当闲书读。譬如说《论语》,林语堂把它当做孔子的闲谈读,读出了许多幽默,这种读法就很对我的胃口。近来我也闲翻这部圣人之言,发现孔子乃是一个相当洒脱的人。

在我的印象中,儒家文化一重事功,二重人伦,是一种很入世的文化。然而,作为儒家始祖的孔子,其实对于功利的态度颇为淡泊,对于伦理的态度又颇为灵活。这两个方面,可以用两句话来代表,便是"君子不器"和"君子不仁"。

孔子是一个读书人。一般读书人寒窗苦读,心中都悬着一个目标,就是有朝一日成器,即成为某方面的专门家,好在社会上混一个稳定的职业。说一个人不成器,就等于说他没出息,这是很忌讳的。孔子却坦然说,一个真正的人本来就是不成器的。也确实有人讥他博学而无所专长,他听了自嘲说,那么我就以赶马车为专长吧。

其实,孔子对于读书有他自己的看法。他主张读书要从兴趣出发,不赞成为求知而求知的纯学术态度("知之者不如好之者,好之者不如乐之者")。他还主张读书是为了完善自己,鄙夷那种沽名钓誉的庸俗文人("古之学者为己,今之学者为人")。他一再强调,一个人重要的是要有真才实学,而无须在乎外在的名声和遭遇,类似于"不患莫己知,求为可知也"这样的话,《论语》中至少重复了四次。

"君子不器"这句话不仅说出了孔子的治学观,也说出了他的人生观。有一回,孔子和他的四个学生聊天,让他们谈谈自己的志向。其中三人分别表示想做军事家、经济家和外交家。惟有曾点说,他的理想是暮春三月,轻装出发,约了若干大小朋友,到河里游泳,在林下乘凉,一路唱歌回来。孔子听罢,喟然叹曰:"我和曾点想的一样。"圣人的这一叹,活泼泼地叹出了他的未染的性灵,使得两千年后一位最重性灵的文论家大受感动,竟改名"圣叹",以志纪念。人生在世,何必成个什么器,做个什么家呢,只要活得悠闲自在,岂非胜似一切?

学界大抵认为"仁"是孔子思想的核心,至于什么是"仁",众说不一,但都不出伦理道德的范围。孔子重人伦是一个事实,不过他到底是一个聪明人,而一个人只要足够聪明,就绝不会看不透一切伦理规范的相对性质。所以,"君子而不仁者有矣夫"这句话竟出自孔子之口,他不把"仁"看作理想人格的必备条件,也就不足怪了。有人把仁归结为"忠恕"二字,其实孔子绝不主张愚忠和滥恕。他总是区别对待"邦有道"和"邦无道"两种情况,"邦无道"之时,能逃就逃("乘桴浮于海"),逃不了则少说话为好("言孙"),会装傻更妙("愚不可及"这个成语出自《论语》,其本义不是形容愚蠢透顶,而是孔子夸奖某人装傻装得高明极顶的话,相当于郑板桥说的"难得糊涂")。他也不像基督那样,当你的左脸挨打时,要你把右脸也送上去。有人问他该不该"以德报怨",他反问:那么用什么来报德呢?然后说,应该是用公正回报怨仇,用恩德回报恩德。

孔子实在是一个非常通情达理的人,他有常识,知分寸,丝毫没有偏执狂。"信"是他亲自规定的"仁"的内涵之一,然而他明明说:"言必信,行必果",乃是僵化小人的行径("硁硁然小人哉")。要害是那两个"必"字,毫无变通的余地,把这位老先生惹火了。他还反对遇事过分谨慎。我们常说"三思而后行",这句话也出自《论语》,只是孔子并不赞成,他说再思就可以了。

也许孔子还有不洒脱的地方,我举的只是一面。有这一面毕竟是令人高兴的,它使我可以放心承认孔子是一位够格的哲学家了,因为哲学家就是有智慧的人,而有智慧的人怎么会一点也不洒脱呢?

1991.8.

郭世英去世后第三天，郭建英摄，1968.

大学毕业前夕,郭建英摄,1968.

# 人生贵在行胸臆

一

读袁中郎全集,感到清风徐徐扑面,精神阵阵爽快。

明末的这位大才子一度做吴县县令,上任伊始,致书朋友们道:"吴中得若令也,五湖有长,洞庭有君,酒有主人,茶有知己,生公说法,石有长老。"开卷读到这等潇洒不俗之言,我再舍不得放下了,相信这个人必定还会说出许多妙语。

我的期望没有落空。

请看这一段:"天下有大败兴事三,而破国亡家不与焉。山水朋友不相凑,一败兴也。朋友忙,相聚不久,二败兴也。游非及时,或花落山枯,三败兴也。"

真是非常的飘逸。中郎一生最爱山水,最爱朋友,难怪他写得最好的是游记和书信。

不过,倘若你以为他只是个耽玩的倜傥书生,未免小看了他。《明史》记载,他在吴县任上"听断敏决,公庭鲜事",遂整日"与士大夫谈说诗文,以风雅自命"。可见极其能干,游刃有余。但他是真个风雅,天性耐不得官场俗务,终于辞职。后来几度起官,也都以谢病归告终。

在明末文坛上,中郎和他的两位兄弟是开一代新风的人物。他们的风格,用他评其弟小修诗的话说,便是"独抒性灵,不拘格套,非从自己胸臆流出,不肯下笔"。其实,这话不但说出了中郎的文学主张,也说出了他的人生态度。他要依照自己的真性情生活,活出自己的本色来。他的潇洒绝非表面风流,而是他的内在性灵的自然流露。性者个性,灵者灵气,他实在是个极有个性、极有灵气的人。

## 二

每个人一生中,都曾经有过一个依照真性情生活的时代,那便是童年。孩子是天真烂漫,不肯拘束自己的。他活着整个儿就是在享受生命,世俗的利害和规矩暂时还都不在他眼里。随着年龄增长,染世渐深,俗虑和束缚愈来愈多,原本纯真的孩子才被改造成了俗物。

那么,能否逃脱这个命运呢?很难,因为人的天性是脆弱的,环境的力量是巨大的。随着童年的消逝,倘若没有一种成年人的智慧及时来补救,几乎不可避免地会失掉童心。所谓大人先生者不失赤子之心,正说明智慧是童心的守护神。凡童心不灭的人,必定对人生有着相当的彻悟。

所谓彻悟,就是要把生死的道理想明白。名利场上那班人不但没有想明白,只怕连想也不肯想。袁中郎责问得好:"天下皆知生死,然未有一人信生之必死者……趋名骛利,惟日不足,头白面焦,如虑铜铁之不坚,信有死者,当如是耶?"名利的追求是无止境的,官做大了还想更大,钱赚多了还想更多。"未得则前途为究竟,途之前又有途焉,可终究欤?已得则即景为寄寓,寓之中无非寓焉,故终身驰逐而已矣。"在这终身的驰逐中,不再有工夫做自己真正感兴趣的事,接着连属于自己的真兴趣也没有了,那颗以享受生命为最大快乐的童心就这样丢失得无影无踪了。

事情是明摆着的：一个人如果真正想明白了生之必死的道理，他就不会如此看重和孜孜追逐那些到头来一场空的虚名浮利了。他会觉得，把有限的生命耗费在这些事情上，牺牲了对生命本身的享受，实在是很愚蠢的。人生有许多出于自然的享受，例如爱情、友谊、欣赏大自然、艺术创造等等，其快乐远非虚名浮利可比，而享受它们也并不需要太多的物质条件。在明白了这些道理以后，他就会和世俗的竞争拉开距离，借此为保存他的真性情赢得了适当的空间。而一个人只要依照真性情生活，就自然会努力去享受生命本身的种种快乐。用中郎的话说，这叫做："退得一步，即为稳实，多少受用。"

　　当然，一个人彻悟了生死的道理，也可能会走向消极悲观。不过，如果他是一个热爱生命的人，这一前途即可避免。他反而会获得一种认识：生命的密度要比生命的长度更值得追求。从终极的眼光看，寿命是无稽的，无论长寿短寿，死后都归于虚无。不止如此，即使用活着时的眼光做比较，寿命也无甚意义。中郎说："试令一老人与少年并立，问彼少年，尔所少之寿何在，觅之不得。问彼老人，尔所多之寿何在，觅之亦不得。少者本无，多者亦归于无，其无正等。"无论活多活少，谁都活在此刻，此刻之前的时间已经永远消逝，没有人能把它们抓在手中。所以，与其贪图活得长久，不如争取活得痛快。中郎引惠开的话说："人生不得行胸臆，纵年百岁犹为夭"，就是这个意思。

## 三

　　我们或许可以把袁中郎称作享乐主义者，不过他所提倡的乐，乃是合乎生命之自然的乐趣，体现生命之质量和浓度的快乐。在他看来，为了这样的享乐，付出什么代价也是值得的，甚至这代价也成了一种快乐。

有两段话，极能显出他的个性的光彩。

在一处他说："世人所难得者惟趣"，尤其是得之自然的趣。他举出童子的无往而非趣，山林之人的自在度日，愚不肖的率心而行，作为这种趣的例子。然后写道："自以为绝望于世，故举世非笑之不顾也，此又一趣也。"凭真性情生活是趣，因此遭到全世界的反对又是趣，从这趣中更见出了怎样真的性情！

另一处谈到人生真乐有五，原文太精彩，不忍割爱，照抄如下：

"目极世间之色，耳极世间之声，身极世间之鲜，口极世间之谭，一快活也。堂前列鼎，堂后度曲，宾客满席，男女交舄，烛气熏天，珠翠委地，皓魄入帐，花影流衣，二快活也。箧中藏万卷书，书皆珍异。宅畔置一馆，馆中约真正同心友十余人，人中立一识见极高，如司马迁、罗贯中、关汉卿者为主，分曹部署，各成一书，远文唐宋酸儒之陋，近完一代未竟之篇，三快活也。千金买一舟，舟中置鼓吹一部，妓妾数人，游闲数人，泛家浮宅，不知老之将至，四快活也。然人生受用至此，不及十年，家资田产荡尽矣。然后一身狼狈，朝不谋夕，托钵歌妓之院，分餐孤老之盘，往来乡亲，恬不知耻，五快活也。"

前四种快活，气象已属不凡，谁知他笔锋一转，说享尽人生快乐以后，一败涂地，沦为乞丐，又是一种快活！中郎文中多这类飞来之笔，出其不意，又顺理成章。世人常把善终视作幸福的标志，其实经不起推敲。若从人生终结看，善不善终都是死，都无幸福可言。若从人生过程看，一个人只要痛快淋漓地生活过，不管善不善终，都称得上幸福了。对于一个洋溢着生命热情的人来说，幸福就在于最大限度地穷尽人生的各种可能性，其中也包括困境和逆境。极而言之，乐极生悲不足悲，最可悲的是从来不曾乐过，一辈子稳稳当当，也平平淡淡，那才是白活了一场。

中郎自己是个充满生命热情的人，他做什么事都兴致勃勃，好像不要命似的。爱山水,便说落雁峰"可值百死"。爱朋友,便叹"以友为性命"。他知道"世上希有事,未有不以死得者",值得要死要活一番。读书读到会心处,便"灯影下读复叫,叫复读,僮仆睡者皆惊起",真是忘乎所以。他爱女人,坦陈有"青娥之癖"。他甚至发起懒来也上瘾,名之"懒癖"。

关于癖,他说过一句极中肯的话:"余观世上语言无味面目可憎之人,皆无癖之人耳。若真有所癖,将沉湎酣溺,性命死生以之,何暇及钱奴宦贾之事。"有癖之人,哪怕有的是怪癖恶癖,终归还保留着一种自己的真兴趣真热情,比起那班名利俗物来更是一个活人。当然,所谓癖是真正着迷,全心全意,死活不顾。譬如巴尔扎克小说里的于洛男爵,爱女色爱到财产名誉地位性命都可以不要,到头来穷困潦倒,却依然心满意足,这才配称好色,那些只揩油不肯做半点牺牲的偷香窃玉之辈是不够格的。

## 四

一面彻悟人生的实质,一面满怀生命的热情,两者的结合形成了袁中郎的人生观。他自己把这种人生观与儒家的谐世、道家的玩世、佛家的出世并列为四,称作适世。若加比较,儒家是完全入世,佛家是完全出世,中郎的适世似与道家的玩世相接近,都在入世出世之间。区别在于,玩世是入世者的出世法,怀着生命的忧患意识逍遥世外,适世是出世者的入世法,怀着大化的超脱心境享受人生。用中郎自己的话说,他是想学"凡间仙,世中佛,无律度的孔子"。

明末知识分子学佛参禅成风,中郎是不以为然的。他"自知魔重","出则为湖魔,入则为诗魔,遇佳友则为谈魔",舍不得人生如许乐趣,绝不肯出世。况且人只要生命犹存,真正出世是不可能的。佛祖和达摩舍太子位出家,中郎认为是没有参透生死之理的表现。他批评道:"当时便在家何妨,何必掉头不顾,为此偏枯不可训之事?似亦不圆之甚矣。"人活世上,如空中鸟迹,去留两可,无须拘泥区区行藏之所在。若说出家是为了离生死,你总还带着这个血肉之躯,仍是跳不出生死之网。若说已经看破生死,那就不必出家,在网中即可做自由跳跃。死是每种人生哲学不可回避的根本问题。中郎认为,儒道释三家,至少就其门徒的行为看,对死都不甚了悟。儒生"以立言为不死,是故著书垂训",道士"以留形为不死,是故锻金炼气",释子"以寂灭为不死,是故耽心禅观",他们都企求某种方式的不死。而事实上,"茫茫众生,谁不有死,堕地之时,死案已立"。不死是不可能的。

那么,依中郎之见,如何才算了悟生死呢?说来也简单,就是要正视生之必死的事实,放下不死的幻想。他比较赞赏孔子的话:"朝闻道,夕死可矣。"一个人只要明白了人生的道理,好好地活过一场,也就死而无憾了。既然死是必然的,何时死,缘何死,便完全不必在意。他曾患呕血之病,担心必死,便给自己讲了这么一个故事:有人在家里藏一笔钱,怕贼偷走,整日提心吊胆,频频查看。有一天携带着远行,回来发现,钱已不知丢失在途中何处了。自己总担心死于呕血,而其实迟早要生个什么病死去,岂不和此人一样可笑?这么一想,就宽心了。

总之,依照自己的真性情痛快地活,又抱着宿命的态度坦然地死,这大约便是中郎的生死观。

未免太简单了一些! 然而,还能怎么样呢?我自己不是一直试图对死进行深入思考,而结论也仅是除了平静接受,别无更好的法子?许多文人,对于人生问题做过无穷的探讨,研究过各种复杂的理论,在兜了偌大圈子以后,往往回到一些十分平易质实的道理上。对于这些道理,许多文化不高的村民野夫早已了然于胸。不过,倘真能这样,也许就对了。罗近溪说:"圣人者,常人而肯安心者也。"中郎赞"此语抉圣学之髓",实不为过誉。

我们都是有生有死的常人,倘若我们肯安心做这样的常人,顺乎天性之自然,坦然于生死,我们也就算得上是圣人了。只怕这个境界并不容易达到呢。

1992.3.

# 父亲的死

一个人无论多大年龄上没有了父母,他都成了孤儿。他走入这个世界的门户,他走出这个世界的屏障,都随之塌陷了。父母在,他的来路是眉目清楚的,他的去路则被遮掩着。父母不在了,他的来路就变得模糊,他的去路反而敞开了。

我的这个感觉,是在父亲死后忽然产生的。我说忽然,因为父亲活着时,我丝毫没有意识到父亲的存在对于我有什么重要。从少年时代起,我和父亲的关系就有点疏远。那时候家里子女多,负担重,父亲心情不好,常发脾气。每逢这种情形,我就当他面抄起一本书,头不回地跨出家门,久久躲在外面看书,表示对他的抗议。后来我到北京上学,第一封家信洋洋洒洒数千言,对父亲的教育方法进行了全面批判。听说父亲看了后,只是笑一笑,对弟妹们说:"你们的哥哥是个理论家。"

年纪渐大,子女们也都成了人,父亲的脾气是愈来愈温和了。然而,每次去上海,我总是忙于会朋友,很少在家。就是在家,和父亲好像也没有话可说,仍然有一种疏远感。有一年他来北京,一个天气晴朗的日子,他突然提议和我一起去游香山。我有点惶恐,怕一路上两人相对无言,彼此尴尬,就特意把一个小侄子也带了去。

我实在是个不孝之子,最近十余年里,只给家里写过一封信。那是在妻子怀孕以后,我知道父母一直盼我有个孩子,便把这件事当做好消息报告了他们。我在信中说,我和妻子都希望生个女儿。父亲立刻给我回了信,说无论生男生女,他都喜欢。他的信确实洋溢着欢喜之情,我心里明白,他也是在为好不容易收到我的信而高兴。谁能想到,仅仅几天之后,就接到了父亲的死讯。

父亲死得很突然。他身体一向很好,谁都断言他能长寿。那天早晨,他像往常一样提着菜篮子,到菜场取奶和买菜。接着,步行去单位处理一件公务。然后,因为半夜里曾感到胸闷难受,就让大弟陪他到医院看病。一检查,广泛性心肌梗塞,立即抢救,同时下了病危通知。中午,他对守在病床旁的大弟说,不要大惊小怪,没事的。他真的不相信他会死。可是,一小时后,他就停止了呼吸。

父亲终于没能看到我的孩子出生。如我所希望的,我得到了一个可爱的女儿。谁又能想到,我的女儿患有绝症,活到一岁半也死了。每想到我那封报喜的信和父亲喜悦的回应,我总感到对不起他。好在父亲永远不会知道这幕悲剧了,这于他又未尝不是件幸事。但我自己做了一回父亲,体会了做父亲的心情,才内疚地意识到父亲其实一直有和我亲近一些的愿望,却被我那么矜持地回避了。

短短两年里,我被厄运纠缠着,接连失去了父亲和女儿。父亲活着时,尽管我也时常沉思死亡问题,但总好像和死还隔着一道屏障。父母健在的人,至少在心理上会有一种离死尚远的感觉。后来我自己做了父亲,却未能为女儿做好这样一道屏障。父亲的死使我觉得我住的屋子塌了一半,女儿的死又使我觉得我自己成了一间徒有四壁的空屋子。我一向声称一个人无须历尽苦难就可以体悟人生的悲凉,现在我知道,苦难者的体悟毕竟是有着完全不同的分量的。

1992.3.

# 家

如果把人生譬作一种漂流——它确实是的,对于有些人来说是漂过许多地方,对于所有人来说是漂过岁月之河——那么,家是什么呢?

## 一　家是一只船

南方水乡,我在湖上荡舟。迎面驶来一只渔船,船上炊烟袅袅。当船靠近时,我闻到了饭菜的香味,听到了孩子的嬉笑。这时我恍然悟到,船就是渔民的家。

以船为家,不是太动荡了吗?可是,我亲眼看到渔民们安之若素,举止泰然,而船虽小,食住器具,一应俱全,也确实是个家。

于是我转念想,对于我们,家又何尝不是一只船?这是一只小小的船,却要载我们穿过多么漫长的岁月。岁月不会倒流,前面永远是陌生的水域,但因为乘在这只熟悉的船上,我们竟不感到陌生。四周时而风平浪静,时而波涛汹涌,但只要这只船是牢固的,一切都化为美丽的风景。人世命运莫测,但有了一个好家,有了命运与共的好伴侣,莫测的命运仿佛也不复可怕。

我心中闪过一句诗:"家是一只船,在漂流中有了亲爱。"

望着湖面上缓缓而行的点点帆影,我暗暗祝祷,愿每张风帆下都有一个温馨的家。

## 二　家是温暖的港湾

正当我欣赏远处美丽的帆影时,耳畔响起一位哲人的讽喻:"朋友,走近了你就知道,即使在最美丽的帆船上也有着太多琐屑的噪音!"

这是尼采对女人的讥评。

可不是吗,家太平凡了,再温馨的家也难免有俗务琐事、闲言碎语乃至小吵小闹。

那么,让我们扬帆远航。

然而,凡是经历过远洋航行的人都知道,一旦海平线上出现港口朦胧的影子,寂寞已久的心会跳得多么欢快。如果没有一片港湾在等待着拥抱我们,无边无际的大海岂不令我们绝望?在人生的航行中,我们需要冒险,也需要休憩,家就是供我们休憩的温暖的港湾。在我们的灵魂被大海神秘的涛声陶冶得过分严肃以后,家中琐屑的噪音也许正是上天安排来放松我们精神的人间乐曲。

傍晚,征帆纷纷归来,港湾里灯火摇曳,人声喧哗,把我对大海的沉思冥想打断了。我站起来,愉快地问候:"晚安,回家的人们!"

## 三　家是永远的岸

我知道世上有一些极骄傲也极荒凉的灵魂,他们永远无家可归,让我们不要去打扰他们。作为普通人,或早或迟,我们需要一个家。

荷马史诗中的英雄奥德修斯长年漂泊在外,历尽磨难和诱惑,正是回家的念头支撑着他,使他克服了一切磨难,抵御了一切诱惑。最后,当女神卡吕浦索劝他永久留在她的小岛上时,他坚辞道:"尊贵的女神,我深知我的老婆在你的光彩下只会黯然失色,你长生不老,她却注定要死。可是我仍然天天想家,想回到我的家。"

自古以来,无数诗人咏唱过游子的思家之情。"渔灯暗,客梦回,一声声滴人心碎。孤舟五更家万里,是离人几行清泪。"家是游子梦魂萦绕的永远的岸。

不要说"赤条条来去无牵挂"。至少,我们来到这个世界,是有一个家让我们登上岸的。当我们离去时,我们也不愿意举目无亲,没有一个可以向之告别的亲人。倦鸟思巢,落叶归根,我们回到故乡故土,犹如回到从前靠岸的地方,从这里启程驶向永恒。我相信,如果灵魂不死,我们在天堂仍将怀念留在尘世的这个家。

1992.4.

# 失去的岁月

一

上大学时,常常当我在灯下聚精会神读书时,灯突然灭了。这是全宿舍同学针对我一致做出的决议:遵守校规,按时熄灯。我多么恨那只拉开关的手,咔嚓一声,又从我的生命线上割走了一天。怔怔地坐在黑暗里,凝望着月色朦胧的窗外,我委屈得泪眼汪汪。

年龄愈大,光阴流逝愈快,但我好像愈麻木了。一天又一天,日子无声无息地消失,就像水滴消失于大海。蓦然回首,我在世上活了一万多个昼夜,它们都已经不知去向。

"子在川上曰:逝者如斯夫,不舍昼夜。"其实,光阴何尝是这样一条河,可以让我们伫立其上,河水从身边流过,而我却依然故我?时间不是某种从我身边流过的东西,而就是我的生命。弃我而去的不是日历上的一个个日子,而是我生命中的岁月;甚至也不仅仅是我的岁月,而就是我自己。我不但找不回逝去的年华,而且也找不回从前的我了。

当我回想很久以前的我,譬如说,回想大学宿舍里那个泪眼汪汪的我的时候,在我眼前出现的总是一个孤儿的影子,他被无情地遗弃在过去的岁月里了。他孑然一身,举目无亲,徒劳地盼望回到活人的世界上来,而事实上却不可阻挡地被过去的岁月带往更远的远方。我伸出手去,但是我无法触及他并把他领回。我大声呼唤,但是我的声音到达不了他的耳中。我不得不承认这是一种死亡,从前的我已经成为一个死者,我对他的怀念与对一个死者的怀念有着相同的性质。

## 二

自古以来,不知多少人问过:时间是什么?它在哪里?人们在时间中追问和苦思,得不到回答,又被时间永远地带走了。

时间在哪里?被时间带走的人在哪里?

为了度量时间,我们的祖先发明了日历,于是人类有历史,个人有年龄。年龄代表一个人从出生到现在所拥有的时间。真的拥有吗?它们在哪里?

总是这样:因为失去童年,我们才知道自己长大;因为失去岁月,我们才知道自己活着;因为失去,我们才知道时间。

我们把已经失去的称作过去,尚未得到的称作未来,停留在手上的称作现在。但时间何尝停留,现在转瞬成为过去,我们究竟有什么?

多少个深夜,我守在灯下,不甘心一天就此结束。然而,即使我通宵不眠,一天还是结束了。我们没有任何办法能留住时间。

我们永远不能占有时间,时间却掌握着我们的命运。在它宽大无边的手掌里,我们短暂的一生同时呈现,无所谓过去、现在、未来,我们的生和死、幸福和灾祸早已记录在案。

可是,既然过去不复存在,现在稍纵即逝,未来尚不存在,世上真有时间吗?这个操世间一切生灵生杀之权的隐身者究竟是谁?

我想象自己是草地上的一座雕像,目睹一代又一代孩子嬉闹着从远处走来,渐渐长大,在我身旁谈情说爱,寻欢作乐,又慢慢衰老,蹒跚着向远处走去。我在他们中间认出了我自己的身影,他走着和大家一样的路程。我焦急地朝他瞪眼,示意他停下来,但他毫不理会。现在他已经越过我,继续向前走去了。我悲哀地看着他无可挽救地走向衰老和死亡。

## 三

许多年以后,我回到我出生的那个城市,一位小学时的老同学陪伴我穿越面貌依旧的老街。他突然指着坐在街沿屋门口的一个丑女人悄悄告诉我,她就是我们的同班同学某某。我赶紧转过脸去,不敢相信我昔日心目中的偶像竟是这般模样。我的心中保存着许多美丽的面影,然而一旦邂逅重逢,没有不立即破灭的。

我们总是觉得儿时尝过的某样点心最香甜,儿时听过的某支曲子最美妙,儿时见过的某片风景最秀丽。"幸福的岁月是那失去的岁月。"你可以找回那点心、曲子、风景,可是找不回岁月。所以,同一样点心不再那么香甜,同一支曲子不再那么美妙,同一片风景不再那么秀丽。

当我坐在电影院里看电影时,我明明知道,人类的彩色摄影技术已经有了非凡的长进,但我还是找不回像幼时看的幻灯片那么鲜亮的色彩了。失去的岁月便如同那些幻灯片一样,在记忆中闪烁着永远不可企及的幸福的光华。

每次回母校,我都要久久徘徊在我过去住的那间宿舍的窗外。窗前仍是那株木槿,隔了这么些年居然既没有死去,也没有长大。我很想进屋去,看看从前那个我是否还在那里。从那时到现在,我到过许多地方,有过许多遭遇,可是这一切会不会是幻觉呢?也许,我仍然是那个我,只不过走了一会儿神?也许,根本没有时间,只有许多个我同时存在,说不定会在哪里突然相遇?但我终于没有进屋,因为我知道我的宿舍已被陌生人占据,他们会把我看作入侵者,尽管在我眼中,他们才是我的神圣的青春岁月的入侵者。

在回忆的引导下,我们寻访旧友、重游故地,企图找回当年的感觉,然而徒劳。我们终于怅然发现,与时光一起消逝的不仅是我们的童年和青春,而且是由当年的人、树木、房屋、街道、天空组成的一个完整的世界,其中也包括我们当年的爱和忧愁、感觉和心情,我们当年的整个心灵世界。

## 四

可是,我仍然不相信时间带走了一切。逝去的年华,我们最珍贵的童年和青春岁月,我们必定以某种方式把它们保存在一个安全的地方了。我们遗忘了藏宝的地点,但必定有这么一个地方,否则我们不会这样苦苦地追寻。或者说,有一间心灵的密室,其中藏着我们过去的全部珍宝,只是我们竭尽全力也回想不起开锁的密码了。然而,可能会有一次纯属偶然,我们漫不经心地碰对了这密码,于是密室开启,我们重新置身于从前的岁月。当普鲁斯特的主人公口含一块泡过茶水的玛德莱娜小点心,突然感觉到一种奇特的快感和震颤的时候,便是碰对了密码。一种当下的感觉,也许是一种滋味,一阵气息,一个旋律,石板上的一片阳光,与早已遗忘的那个感觉巧合,因而混合进了和这感觉联结在一起的昔日的心境,于是昔日的生活情景便从这心境中涌现出来。其实,每个人的生活中都不乏这种普鲁斯特式幸福的机缘,在此机缘触发下,我们会产生一种对某样东西似曾相识又若有所失的感觉。但是,很少有人像普鲁斯特那样抓住这种机缘,促使韶光重现。我们总是生活在眼前,忙碌着外在的事

读硕士生期间，在云岗石窟，1979.

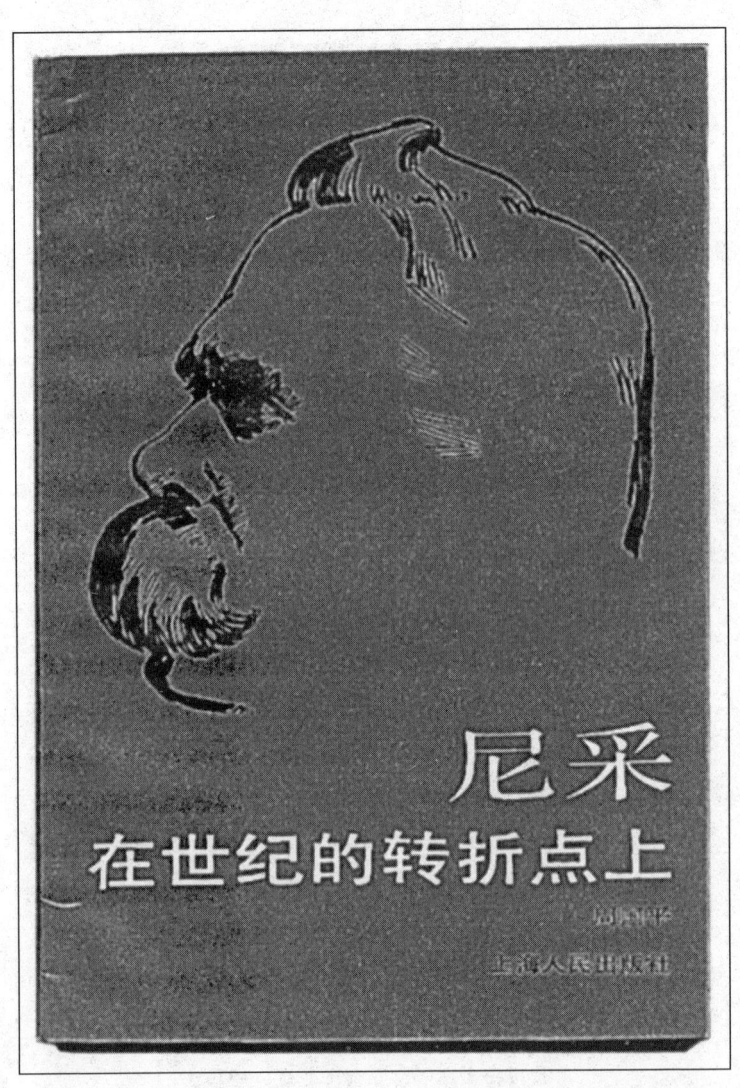

《尼采:在世纪的转折点上》书影,1986.

务。我们的日子是断裂的,缺乏内在的连续性。逝去的岁月如同一张张未经显影的底片,杂乱堆积在暗室里。它们仍在那里,但和我们永远失去了它们又有什么区别?

## 五

诗人之为诗人,就在于他对时光的流逝比一般人更加敏感,诗便是他为逃脱这流逝自筑的避难所。摆脱时间有三种方式:活在回忆中,把过去永恒化;活在当下的激情中,把现在永恒化;活在期待中,把未来永恒化。然而,想象中的永恒并不能阻止事实上的时光流逝。所以,回忆是忧伤的,期待是迷惘的,当下的激情混合着狂喜和绝望。难怪一个最乐观的诗人也如此喊道:

"时针指示着瞬息,但什么能指示永恒呢?"

诗人承担着悲壮的使命:把瞬间变成永恒,在时间之中摆脱时间。

谁能生活在时间之外,真正拥有永恒呢?

孩子和上帝。

孩子不在乎时光流逝。在孩子眼里,岁月是无穷无尽的。童年之所以令人怀念,是因为我们在童年曾经一度拥有永恒。可是,孩子会长大,我们终将失去童年。我们的童年是在我们明白自己必将死去的那一天结束的。自从失去了童年,我们也就失去了永恒。从那以后,我所知道的惟一的永恒便是我死后时间的无限绵延,我的永恒的不存在。

还有上帝呢?我多么愿意和圣奥古斯丁一起歌颂上帝:"你的岁月无往无来,永是现在,我们的昨天和明天都在你的今天之中过去和到来。"我多么希望世上真有一面永恒的镜子,其中映照着被时间劫走的我的一切珍宝,包括我的生命。可是,我知道,上帝也只是诗人的一个避难所!

在很小的时候，我就自己偷偷写起了日记。一开始的日记极幼稚，只是写些今天吃了什么好东西之类。我仿佛本能地意识到那好滋味容易消逝，于是想用文字把它留住。年岁渐大，我用文字留住了许多好滋味：爱，友谊，孤独，欢乐，痛苦……在青年时代的一次劫难中，我烧掉了全部日记。后来我才知道此举的严重性，为我的过去岁月的真正死亡痛哭不止。但是，写作的习惯延续下来了。我不断把自己最好的部分转移到我的文字中去，到最后，罗马不在罗马了，我借此逃脱了时光的流逝。

仍是想象中的？可是，在一个已经失去童年而又不相信上帝的人，此外还能怎样呢？

1992.5.

# 自我二重奏

## 一 有与无

日子川流不息。我起床,写作,吃饭,散步,睡觉。在日常的起居中,我不怀疑有一个我存在着。这个我有名有姓,有过去的生活经历,现在的生活圈子。我忆起一些往事,知道那是我的往事。我怀着一些期待,相信那是我的期待。尽管我对我的出生毫无印象,对我的死亡无法预知,但我明白这个我在时间上有始有终,轮廓是清楚的。

然而,有时候,日常生活的外壳仿佛突然破裂了,熟悉的环境变得陌生,我的存在失去了参照系,恍兮惚兮,不知身在何处,我是谁?世上究竟有没有一个我?

庄周梦蝶,醒来自问:"不知周之梦为胡蝶欤,胡蝶之梦为周欤?"这一问成为千古迷惑。问题在于,你如何知道你现在不是在做梦?你又如何知道你的一生不是一个漫长或短促的梦?也许,流逝着的世间万物,一切世代,一切个人,都只是造物主的梦中景象?

我的存在不是一个自明的事实,而是需要加以证明的,于是有笛卡尔的命题:"我思故我在。"

但我听见佛教导说:诸法无我,一切众生都只是随缘而起的幻象。

正当我为我存在与否苦思的时候,电话铃响了,听筒里叫着我的名字,我不假思索地应道:

"是我。"

## 二　轻与重

我活在世上,爱着,感受着,思考着。我心中有一个世界,那里珍藏着许多往事,有欢乐的,也有悲伤的。它们虽已逝去,却将永远活在我心中,与我终身相伴。

一个声音对我说:在无限宇宙的永恒岁月中,你不过是一个顷刻便化为乌有的微粒,这个微粒的悲欢甚至连一丝微风、一缕轻烟都算不上,刹那间就会无影无踪。你如此珍惜的那个小小的心灵世界,究竟有何价值?

我用法国作家辛涅科尔的话回答:"是的,对于宇宙,我微不足道;可是,对于我自己,我就是一切。"

我何尝不知道,在宇宙的生成变化中,我只是一个极其偶然的存在,我存在与否完全无足轻重。面对无穷,我确实等于零。然而,我可以用同样的道理回敬这个傲慢的宇宙:倘若我不存在,你对我来说岂不也等于零?倘若没有人类及其众多自我的存在,宇宙的永恒存在究竟有何意义?而每一个自我一旦存在,便不能不从自身出发估量一切,正是这估量的总和使本无意义的宇宙获得了意义。

我何尝不知道,在人类的悲欢离合中,我的故事极其普通。然而,我不能不对自己的故事倾注更多的悲欢。对于我来说,我的爱情波折要比罗密欧更加惊心动魄,我的苦难要比俄狄浦斯更加催人泪下。原因很简单,因为我不是罗密欧,不是俄狄浦斯,而是我自己。事实上,如果人人看轻一己的悲欢,世上就不会有罗密欧和俄狄浦斯了。

我终归是我自己。当我自以为跳出了我自己时,仍然是这个我在跳。我无法不成为我的一切行为的主体,我对世界的一切关系的中心。当然,同时我也知道每个人都有他的自我,我不会狂妄到要充当世界和他人的中心。

## 三 灵与肉

我站在镜子前,盯视着我的面孔和身体,不禁惶惑起来。我不知道究竟盯视者是我,还是被盯视者是我。灵魂和肉体如此不同,一旦相遇,彼此都觉陌生。我的耳边响起帕斯卡尔的话语:肉体不可思议,灵魂更不可思议,最不可思议的是肉体居然能和灵魂结合在一起。

人有一个肉体似乎是一件尴尬事。那个丧子的母亲终于停止哭泣,端起饭碗,因为她饿了。那个含情脉脉的姑娘不得不离开情人一小会儿,她需要上厕所。那个哲学家刚才还在谈论面对苦难的神明般的宁静,现在却因为牙痛而呻吟不止。当我们的灵魂在天堂享受幸福或在地狱体味悲剧时,肉体往往不合时宜地把它拉回到尘世。

马雅可夫斯基在列车里构思一首长诗,眼睛心不在焉地盯着对面的姑娘。那姑娘惊慌了。马雅可夫斯基赶紧声明:"我不是男人,我是穿裤子的云。"为了避嫌,他必须否认肉体的存在。

我们一生中不得不花费许多精力来伺候肉体:喂它,洗它,替它穿衣,给它铺床。博尔赫斯屈辱地写道:"我是他的老护士,他逼我为他洗脚。"还有更屈辱的事:肉体会背叛灵魂。一个心灵美好的女人可能其貌不扬,一个灵魂高贵的男人可能终身残疾。荷马是瞎子,贝多芬是聋子,拜伦是跛子。而对一切人相同的是,不管我们如何精心调理,肉体仍不可避免地要走向衰老和死亡,拖着不屈的灵魂同归于尽。

那么,不要肉体如何呢?不,那更可怕,我们将不再能看风景、听音乐、呼吸新鲜空气、读书、散步、运动、宴饮,尤其是——世上不再有男人和女人,不再有爱情这件无比美妙的事儿。原来,灵魂的种种愉悦根本就离不开肉体,没有肉体的灵魂不过是幽灵,不复有任何生命的激情和欢乐,比死好不了多少。

所以,我要修改帕斯卡尔的话:肉体是奇妙的,灵魂更奇妙,最奇妙的是肉体居然能和灵魂结合在一起。

## 四　动与静

喧哗的白昼过去了,世界重归于宁静。我坐在灯下,感到一种独处的满足。

我承认,我需要到世界上去活动,我喜欢旅行、冒险、恋爱、奋斗、成功、失败。日子过得平平淡淡,我会无聊,过得冷冷清清,我会寂寞。但是,我更需要宁静的独处,更喜欢过一种沉思的生活。总是活得轰轰烈烈热热闹闹,没有时间和自己待一会儿,我就会非常不安,好像丢了魂一样。

我身上必定有两个自我。一个好动,什么都要尝试,什么都想经历。另一个喜静,对一切加以审视和消化。这另一个自我,如同罗曼·罗兰所说,是"一颗清明宁静而非常关切的灵魂"。仿佛是它把我派遣到人世间活动,鼓励我拼命感受生命的一切欢乐和苦难,同时又始终关切地把我置于它的视野之内,随时准备把我召回它的身边。即使我在世上遭受最悲惨的灾难和失败,只要我识得返回它的途径,我就不会全军覆没。它是我的守护神,为我守护着一个任何风雨都侵袭不到也损坏不了的家园,使我在最风雨飘摇的日子里也不致无家可归。

耶稣说:"一个人赚得了整个世界,却丧失了自我,又有何益?"他在向其门徒透露自己的基督身份后说这话,可谓意味深长。真正的救世主就在我们每个人身上，便是那个清明宁静的自我。这个自我即是我们身上的神性，只要我们能守住它，就差不多可以说上帝和我们同在了。守不住它，一味沉沦于世界，我们便会浑浑噩噩、随波飘荡，世界也将沸沸扬扬，永无得救的希望。

## 五　真与伪

我走在街上，一路朝熟人点头微笑；我举起酒杯，听着应酬话，用笑容答谢；我坐在一群妙语连珠的朋友中，自己也说着俏皮话，赞赏或得意地大笑……

在所有这些时候，我心中会突然响起一个声音："这不是我！"于是，笑容冻结了。莫非笑是社会性的，真实的我永远悲苦，从来不笑？

多数时候，我是独处的，我曾庆幸自己借此避免了许多虚伪。可是，当我关起门来写作时，我怎能担保已经把公众的趣味和我的虚荣心也关在了门外，因而这个正在写作的人必定是真实的我呢？

"成为你自己！"——这句话如同一切道德格言一样知易行难。我甚至无法判断，我究竟是否已经成为了我自己。角色在何处结束，真实的我在何处开始，这界限是模糊的。有些角色仅是服饰，有些角色却已经和我们的躯体生长在一起，如果把它们一层层剥去，其结果比剥葱头好不了多少。

演员尚有卸妆的时候，我们却生生死死都离不开社会的舞台。在他人目光的注视下，甚至隐居和自杀都可以是在扮演一种角色。也许，只有当我们扮演某个角色露出破绽时，我们才得以一窥自己的真实面目。

卢梭说："大自然塑造了我，然后把模子打碎了。"这话听起来自负,其实适用于每一个人。可惜的是,多数人忍受不了这个失去了模子的自己,于是又用公共的模子把自己重新塑造一遍,结果彼此变得如此相似。

我知道,一个人不可能也不应该脱离社会而生活。然而,有必要节省社会的交往。我不妨和他人交谈,但要更多地直接向上帝和自己说话。我无法一劳永逸地成为真实的自己,但是,倘若我的生活中充满着仅仅属于我的不可言说的特殊事物,我也就在过一种非常真实的生活了。

## 六　逃避与寻找

我是喜欢独处的,不觉得寂寞。我有许多事可做:读书,写作,回忆,遐想,沉思等等。做着这些事的时候,我相当投入,乐在其中,内心很充实。

但是,独处并不意味着和自己在一起。在我潜心读书或写作时,我很可能是和想象中的作者或读者在一起。

直接面对自己似乎是一件令人难以忍受的事,所以人们往往要设法逃避。逃避自我有二法:一是事务,二是消遣。我们忙于职业上和生活上的种种事务,一旦闲下来,又用聊天、娱乐和其他种种消遣打发时光。对于文人来说,读书和写作也不外是一种事务或一种消遣,比起斗鸡走狗之辈,诚然有雅俗之别,但逃避自我的实质则为一。

然而,有这样一种时候,我翻开书,又合上,拿起笔,又放下,不知道自己究竟要什么,找不到一件自己真正想做的事,只觉得心中弥漫着一种空虚怅惘之感。这是无聊袭来的时候。

当一个人无所事事而直接面对自己时,便会感到无聊。在通常情况下,我们仍会找些事做,尽快逃脱这种境遇。但是,也有无可逃脱的时候,我就是百事无心,不想见任何人,不想做任何事。

　　自我似乎喜欢捉迷藏，如同蒙田所说："我找我的时候找不着；我找着我由于偶然的邂逅比由于有意的搜寻多。"无聊正是与自我邂逅的一个契机。这个自我，摆脱了一切社会的身份和关系，来自虚无，归于虚无。难怪我们和它相遇时，不能直面相视太久，便要匆匆逃离。可是，让我多坚持一会儿吧，我相信这个可怕的自我一定会教给我许多人生的真理。

　　自古以来，哲人们一直叮咛我们："认识你自己！"卡莱尔却主张代之以一个"最新的教义"："认识你要做和能做的工作！"因为一个人永远不可能认识自己，而通过工作则可以使自己成为完人。我承认认识自己也许是徒劳之举，但同时我也相信，一个人倘若从来不想认识自己，从来不肯从事一切无望的精神追求，那么，工作绝不会使他成为完人，而只会使他成为庸人。

## 七　爱与孤独

　　凡人群聚集之处，必有孤独。我怀着我的孤独，离开人群，来到郊外。我的孤独带着如此浓烈的爱意，爱着田野里的花朵、小草、树木和河流。

　　原来，孤独也是一种爱。

　　爱和孤独是人生最美丽的两支曲子，两者缺一不可。无爱的心灵不会孤独，未曾体味过孤独的人也不可能懂得爱。

　　由于怀着爱的希望，孤独才是可以忍受的，甚至是甜蜜的。当我独自在田野里徘徊时，那些花朵、小草、树木、河流之所以能给我以慰藉，正是因为我隐约预感到，我可能会和另一颗同样爱它们的灵魂相遇。

　　不止一位先贤指出，一个人无论看到怎样的美景奇观，如果他没有机会向人讲述，他就绝不会感到快乐。人终究是离不开同类的。一个无人分享的快乐绝非真正的快乐,而一个无人分担的痛苦则是最可怕的痛苦。所谓分享和分担,未必要有人在场。但至少要有人知道。永远没有人知道,绝对的孤独,痛苦便会成为绝望,而快乐——同样也会变成绝望!

　　交往为人性所必需,它的分寸却不好掌握。帕斯卡尔说:"我们由于交往而形成了精神和感情,但我们也由于交往而败坏着精神和感情。"我相信,前一种交往是两个人之间的心灵沟通,它是马丁·布伯所说的那种"我与你"的相遇,既充满爱,又尊重孤独;相反,后一种交往则是熙熙攘攘的利害交易,它如同尼采所形容的"市场",既亵渎了爱,又羞辱了孤独。相遇是人生莫大的幸运,在此时刻。两颗灵魂仿佛同时认出了对方,惊喜地喊出:"是你!"人一生中只要有过这个时刻,爱和孤独便都有了着落。

1992.6.

# 习惯于失去

出门时发现,搁在楼道里的那辆新自行车不翼而飞了。两年之中,这已是第三辆。我一面为世风摇头,一面又感到内心比前两次失窃时要平静得多。

莫非是习惯了?

也许是。近年来,我的生活中接连遭到惨重的失去,相比之下,丢辆把自行车真是不足挂齿。生活的劫难似乎使我悟出了一个道理:人生在世,必须习惯于失去。

一般来说,人的天性是习惯于得到,而不习惯于失去的。呱呱坠地,我们首先得到了生命。自此以后,我们不断地得到:从父母得到衣食、玩具、爱和抚育,从社会得到职业的训练和文化的培养。长大成人以后,我们靠着自然的倾向和自己的努力继续得到:得到爱情、配偶和孩子,得到金钱、财产、名誉、地位,得到事业的成功和社会的承认,如此等等。

当然,有得必有失,我们在得到的过程中也确实不同程度地经历了失去。但是,我们比较容易把得到看作是应该的,正常的;把失去看作是不应该的,不正常的。所以,每有失去,仍不免感到委屈。所失愈多愈大,就愈委屈。我们暗暗下决心要重新获得,以补偿所失。在我们心中的蓝图上,人生之路仿佛是由一系列的获得勾画出来的,而失去则是必须涂抹掉的笔误。总之,不管失去是一种多么频繁的现象,我们对它反正不习惯。

道理本来很简单:失去当然也是人生的正常现象。整个人生是一个不断地得而复失的过程,就其最终结果看,失去反比得到更为本质。我们迟早要失去人生最宝贵的赠礼——生命,随之也就失去了在人生过程中得到的一切。有些失去看似偶然,例如天灾人祸造成的意外损失,但也是无所不包的人生的题中应有之义。"人有旦夕祸福",既然生而为人,就得有承受旦夕祸福的精神准备和勇气。至于在社会上的挫折和失利,更是人生在世的寻常遭际了。由此可见,不习惯于失去,至少表明对人生尚欠觉悟。一个只求得到不肯失去的人,表面上似乎富于进取心,实际上是很脆弱的,很容易在遭到重大失去之后一蹶不振。

为了习惯于失去,有时不妨主动地失去。东西方宗教都有布施一说。照我的理解,布施的本义是教人去除贪鄙之心,由不执著于财物,进而不执著于一切身外之物,乃至于这尘世的生命。如此才可明白,佛教何以把布施列为"六度"之首,即从迷惑的此岸渡向觉悟的彼岸的第一座桥梁。俗众借布施积善图报,寺庙靠布施敛财致富,实在是小和尚念歪了老祖宗的经。我始终把佛教看作古今中外最透彻的人生哲学,对它后来不伦不类的演变深不以为然。佛教主张"无我",既然"我"不存在,也就不存在"我的"这回事了。无物属于自己,连自己也不属于自己,何况财物。明乎此理,人还会有什么得失之患呢?

当然,佛教毕竟是一种太悲观的哲学,不宜提倡。只是对于入世太深的人,它倒是一帖必要的清醒剂。我们在社会上尽可以积极进取,但是,内心深处一定要为自己保留一份超脱。有了这一份超脱,我们就能更加从容地品尝人生的各种滋味,其中也包括失去的滋味。

由丢车引发这么多议论,可见还不是太不在乎。如果有人嘲笑我阿Q精神,我乐意承认。试想,对于人生中种种不可避免的失去,小至破财,大至死亡,没有一点阿Q精神行吗?由社会的眼光看,盗窃是一种不义,我们理应与之做力所能及的斗争,而不该摆出一副哲人的姿态容忍姑息。可是,倘若社会上有更多的人了悟人生根本道理,世风是否会好一些呢?那么,这也许正是我对不义所做的一种力所能及的斗争吧。

1993.1.

# 时光村落里的往事

——蓝蓝《人间情书》序

## 一

人分两种：一种人有往事，另一种人没有往事。

有往事的人爱生命，对时光流逝无比痛惜，因而怀着一种特别的爱意，把自己所经历的一切珍藏在心灵的谷仓里。

世上什么不是往事呢？此刻我所看到、听到、经历到的一切，无不转瞬即逝，成为往事。所以，珍惜往事的人便满怀爱怜地注视一切，注视即将被收割的麦田，正在落叶的树，最后开放的花朵，大路上边走边衰老的行人。这种对万物的依依惜别之情是爱的至深源泉。由于这爱，一个人才会真正用心在看，在听，在生活。

是的，只有珍惜往事的人才真正在生活。

没有往事的人对时光流逝毫不在乎，这种麻木使他轻慢万物，凡经历的一切都如过眼烟云，随风飘散，什么也留不下。他根本没有想到要留下。他只是貌似在看、在听、在生活罢了，实际上早已是一具没有灵魂的空壳。

## 二

　　珍惜往事的人也一定有一颗温柔爱人的心。

　　当我们的亲人远行或故世之后,我们会不由自主地百般追念他们的好处,悔恨自己的疏忽和过错。然而,事实上,即使尚未生离死别,我们所爱的人何尝不是在时时刻刻离我们而去呢?

　　浩渺宇宙间,任何一个生灵的降生都是偶然的,离去却是必然的;一个生灵与另一个生灵的相遇总是千载一瞬,分别却是万劫不复。说到底,谁和谁不同是这空空世界里的天涯沦落人?

　　在平凡的日常生活中,你已经习惯了和你所爱的人的相处,仿佛日子会这样无限延续下去。忽然有一天,你心头一惊,想起时光在飞快流逝,正无可挽回地把你、你所爱的人以及你们共同拥有的一切带走。于是,你心中升起一股柔情,想要保护你的爱人免遭时光劫掠。你还深切感到,平凡生活中这些最简单的幸福也是多么宝贵,有着稍纵即逝的惊人的美……

## 三

　　人是怎样获得一个灵魂的?

　　通过往事。

　　正是被亲切爱抚着的无数往事使灵魂有了深度和广度,造就了一个丰满的灵魂。在这样一个灵魂中,一切往事都继续活着:从前的露珠在继续闪光,某个黑夜里飘来的歌声在继续回荡,曾经醉过的酒在继续芳香,早已死去的亲人在继续对你说话……你透过活着的往事看世界,世界别具魅力。活着的往事——这是灵魂之所以具有孕育力和创造力的秘密所在。

　　在一切往事中,童年占据着最重要的篇章。童年是灵魂生长的源头。我甚至要说,灵魂无非就是一颗成熟了的童心,因为成熟而不会再失去。圣埃克絮佩里创作的童话中的小王子说得好:"使沙漠显得美丽的,是它在什么地方藏着一口水井。"我相信童年就是人生沙漠中的这样一口水井。始终携带着童年走人生之路的人是幸福的,由于心中藏着永不枯竭的爱的源泉,最荒凉的沙漠也化作了美丽的风景。

## 四

"上帝创造了乡村,人类创造了城市。"这是英国诗人库柏的诗句。我要补充说:在乡村中,时间保持着上帝创造时的形态,它是岁月和光阴;在城市里,时间却被抽象成了日历和数字。

在城市里,光阴是停滞的。城市没有季节,它的春天没有融雪和归来的候鸟,秋天没有落叶和收割的庄稼。只有敏感到时光流逝的人才有往事,可是,城里人整年被各种建筑物包围着,他对季节变化和岁月交替会有什么敏锐的感觉呢?

何况在现代商业社会中,人们活得愈来愈匆忙,哪里有工夫去注意草木发芽、树叶飘落这种小事!哪里有闲心用眼睛看,用耳朵听,用心灵感受!时间就是金钱,生活被简化为尽快地赚钱和花钱。沉思未免奢侈,回味往事简直是浪费!一个古怪的矛盾:生活节奏加快了,然而没有生活。天天争分夺秒,岁岁年华虚度,到头来发现一辈子真短。怎么会不短呢?没有值得回忆的往事,一眼就望到了头。

## 五

就在这样一个愈来愈没有往事的世界上,一个珍惜往事的人悄悄写下了她对往事的怀念。这是一些太细小的往事,就像

在云南（一），1988.

头像，丁聪画，1988.

她念念不忘的小花、甲虫、田野上的炊烟、井台上的绿苔一样细小。可是,在她心目中,被时光带来又带走的一切都是造物主写给人间的情书,她用情人的目光从其中读出了无穷的意味,并把它们珍藏在忠贞的心中。

这就是摆在你们面前的这本《人间情书》。你们将会发现,我的序中的许多话都是蓝蓝说过的,我只是稍做概括罢了。

蓝蓝上过大学,出过诗集,但我觉得她始终只是个乡下孩子。她的这本散文集也好像是乡村田埂边的一朵小小的野花,在温室鲜花成为时髦礼品的今天也许是很不起眼的。但是,我相信,一定会有读者喜欢它,并且想起泰戈尔的著名诗句——

"我的主,你的世纪,一个接着一个,来完成一朵小小的野花。"

1993.1.

# 永远未完成

一

高鹗续《红楼梦》，金圣叹腰斩《水浒传》，其功过是非，累世迄无定论。我们只知道一点：中国最伟大的两部古典小说处在永远未完成之中，没有一个版本有权自命是惟一符合作者原意的定本。

舒伯特最著名的交响曲只有两个乐章，而非一般交响曲那样有三至四个乐章，遂被后人命名为《未完成》。好事者一再试图续写，终告失败，从而不得不承认：它的"未完成"也许比任何"完成"更接近完美的形态。

卡夫卡的主要作品在他生前均未完成和发表，他甚至在遗嘱中吩咐把它们全部焚毁。然而，正是这些他自己不满意的未完成之作，死后一经发表，便奠定了他在世界文学史上的巨人地位。

凡大作家，哪个不是在死后留下了许多未完成的手稿？即使生前完成的作品，他们何尝不是常怀一种未完成的感觉，总觉得未尽人意，有待完善？每一个真正的作家都有一个梦：写出自己最好的作品。可是，每写完一部作品。他又会觉得那似乎即将写出的最好的作品仍未写出。也许，直到生命终结，他还在为未能写出自己最好的作品而抱憾。然而，正是这种永远未完成的心态驱使着他不断超越自己,取得了那些自满之辈所不可企及的成就。在这个意义上,每一个真正的作家一辈子只是在写一部作品,他的生命之作。只要他在世一日,这部作品就不会完成。

而且,一切伟大的作品在本质上是永远未完成的,它们的诞生仅是它们生命的开始,在今后漫长的岁月中,它们仍在世世代代读者心中和在文化史上继续生长,不断被重新解释,成为人类永久的精神财富。

相反,那些平庸作家的趋时之作,不管如何畅销一时,绝无持久的生命力。而且我可以断言,不必说死后,就在他们活着时,你去翻检这类作家的抽屉,也肯定找不到积压的未完成稿。不过,他们也谈不上完成了什么,而只是在制作和销售罢了。

## 二

无论在文学作品中,还是在现实生活中,最动人心魄的爱情似乎都没有圆满的结局。由于社会的干涉、天降的灾祸、机遇的错位等外在困境,或由于内心的冲突、性格的悲剧、致命的误会等内在困境,有情人终难成为眷属。然而,也许正因为未完成,我们便在心中用永久的怀念为它们罩上了一层圣洁的光辉。终成眷属的爱情则不免黯然失色,甚至因终成眷属而寿终正寝。

这么说来,爱情也是因未完成而成其完美的。

其实,一切真正的爱情都是未完成的。不过,对于这"未完成",不能只从悲剧的意义上做狭隘的理解。真正的爱情是两颗心灵之间不断互相追求和吸引的过程,这个过程不应该因为结婚而终结。以婚姻为爱情的完成,这是一个有害的观念,在此观念支配下,结婚者自以为大功告成,已经获得了对方,不需要继续追求了。可是,求爱求爱,爱即寓于追求之中,一旦停止追求,爱必随之消亡。相反,好的婚姻则应当使爱情始终保持未完成的态势。也就是说,相爱双方之间始终保持着必要的距离和张力,各方都把对方看作独立的个人,因而是一个永远需要重新追求的对象,绝不可能一劳永逸地加以占有。在此态势中,彼此才能不断重新发现和欣赏,而非互相束缚和厌倦,爱情才能获得继续生长的空间。

当然,再好的婚姻也不能担保既有的爱情永存,杜绝新的爱情发生的可能性。不过,这没有什么不好。世上没有也不该有命定的姻缘。人生魅力的前提之一恰恰是,新的爱情的可能性始终向你敞开着,哪怕你并不去实现它们。如果爱情的天空注定不再有新的云朵飘过,异性世界对你不再有任何新的诱惑,人生岂不太乏味了?靠闭关自守而得维持其专一长久的爱情未免可怜,惟有历尽诱惑而不渝的爱情才富有生机,真正值得自豪。

## 三

弗洛斯特在一首著名的诗中叹息:林中路分为两股,走上其中一条,把另一条留给下次,可是再也没有下次了。因为走上的这一条路又会分股,如此至于无穷,不复有可能回头来走那条未定的路了。

这的确是人生境况的真实写照。每个人的一生都包含着许多不同的可能性,而最终得到实现的仅是其中极小的一部分,绝大多数可能性被舍弃了,似乎浪费掉了。这不能不使我们感到遗憾。

但是,真的浪费掉了吗?如果人生没有众多的可能性,人生之路沿着惟一命定的轨迹伸展,我们就不遗憾了吗?不,那样我们会更受不了。正因为人生的种种可能性始终处于敞开的状态,我们才会感觉到自己是命运的主人,从而踌躇满志地走自己正在走着的人生之路。绝大多数可能性尽管未被实现,却是现实人生不可缺少的组成部分,正是它们给那极少数我们实现了的可能性罩上了一层自由选择的光彩。这就好像尽管我们未能走遍树林里纵横交错的无数条小路,然而,由于它们的存在,我们即使走在其中一条上也仍能感受到曲径通幽的微妙境界。

回首往事,多少事想做而未做。瞻望前程,还有多少事准备做。未完成是人生的常态,也是一种积极的心态。如果一个人感觉到活在世上已经无事可做,他的人生恐怕就要打上句号了。当然,如果一个人在未完成的心态中和死亡照面,他又会感到突兀和委屈,乃至于死不瞑目。但是,只要我们认识到人生中的事情是永远做不完的,无论死亡何时到来,人生永远未完成,那么,我们就会在生命的任何阶段上与死亡达成和解,在积极进取的同时也保持着超脱的心境。

1993.3.

# 生命本来没有名字

这是一封读者来信,从一家杂志社转来的。每个作家都有自己的读者,都会收到读者的来信,这很平常。我不经意地拆开了信封。可是,读了信,我的心在一种温暖的感动中颤栗了。

请允许我把这封不长的信抄录在这里——

不知道该怎样称呼您,每一种尝试都令自己沮丧,所以就冒昧地开口了,实在是一份由衷的生命对生命的亲切温暖的敬意。

记住您的名字大约是在七年前,那一年翻看一本《父母必读》,上面有一篇写孩子的或者是写给孩子的文章,是印刷体却另有一种纤柔之感,觉得您这个男人的面孔很别样。

后来慢慢长大了,读您的文章便多了,常推荐给周围的人去读,从不多聒噪什么,觉得您的文章和人似乎是很需要我们安静的,因为什么,却并不深究下去了。

这回读您的《时光村落里的往事》,恍若穿行乡村,沐浴到了最干净最暖和的阳光。我是一个卑微的生命,但我相信您一定愿意静静地听这个生命说:"我愿意静静地听您说话……"我从不愿把您想象成一个思想家或散文家,您不会为此生气吧。

也许再过好多年之后,我已经老了,那时候,我相信为了年轻时读过的您的那些话语,我要用心说一声:谢谢您!

信尾没有落款,只有这一行字:"生命本来没有名字吧,我是,你是。"我这才想到查看信封,发现那上面也没有寄信人的地址,作为替代的是"时光村落"四个字。我注意了邮戳,寄自河北怀来。

从信的口气看,我相信写信人是一个很年轻的刚刚长大的女孩,一个生活在穷城僻镇的女孩。我不曾给《父母必读》寄过稿子,那篇使她和我初次相遇的文章,也许是这个杂志转载的,也许是她记错了刊载的地方,不过这都无关紧要。令我感动的是她对我的文章的读法,不是从中寻找思想,也不是作为散文欣赏,而是一个生命静静地倾听另一个生命。所以,我所获得的不是一个作家的虚荣心的满足,而是一个生命被另一个生命领悟的温暖,一种暖入人性根底的深深的感动。

"生命本来没有名字"——这话说得多么好!我们降生到世上,有谁是带着名字来的?又有谁是带着头衔、职位、身份、财产等等来的?可是,随着我们长大,越来越深地沉溺于俗务琐事,已经很少有人能记起这个最单纯的事实了。我们彼此以名字相见,名字又与头衔、身份、财产之类相连,结果,在这些寄生物的缠绕之下,生命本身隐匿了,甚至萎缩了。无论对己对人,生命的感觉都日趋麻痹。多数时候,我们只是作为一个称谓活在世上。即使是朝夕相处的伴侣,也难得以生命的本然状态相待,更多的是一种伦常和习惯。浩瀚宇宙间,也许只有我们的星球开出了生命的花朵,可是,在这个幸运的星球上,比比皆是利益的交换、身份的较量、财产的争夺,最罕见的偏偏是生命与生命的相遇。仔细想想,我们是怎样地本末倒置、因小失大,辜负了造化的宠爱。

是的——我是,你是,每一个人都是一个多么普通又多么独特的生命,原本无名无姓,却到底可歌可泣。我、你、每一个生命都是那么偶然地来到这个世界上,完全可能不降生,却毕竟降生了,然后又将必然地离去。想一想世界在时间和空间上的无限,每一个生命的诞生的偶然,怎能不感到一个生命与另一个生命的相遇是一种奇迹呢。有时我甚至觉得,两个生命在世上同时存在过,哪怕永不相遇,其中也仍然有一种令人感动的因缘。我相信,对于生命的这种珍惜和体悟乃是一切人间之爱的至深的源泉。你说你爱你的妻子,可是,如果你不是把她当做一个独一无二的生命来爱,那么你的爱还是比较有限。你爱她的美丽、温柔、贤惠、聪明,当然都对,但这些品质在别的女人身上也能找到。惟独她的生命,作为一个生命体的她,却是在普天下的女人身上再也无法重组或再生的,一旦失去,便是不可挽回地失去了。世上什么都能重复,恋爱可以再谈,配偶可以另择,身份可以炮制,钱财可以重挣,甚至历史也可以重演,惟独生命不能。愈是精微的事物愈不可重复,所以,与每一个既普通又独特的生命相比,包括名声地位财产在内的种种外在遭遇实在粗浅得很。

既然如此,当另一个生命,一个陌生得连名字也不知道的生命,远远地却又那么亲近地发现了你的生命,透过世俗功利和文化的外观,向你的生命发出了不求回报的呼应,这岂非人生中令人感动的幸遇?

所以,我要感谢这个不知名的女孩,感谢她用她的安静的倾听和领悟点拨了我的生命的性灵。她使我愈加坚信,此生此世,当不当思想家或散文家,写不写得出漂亮文章,真是不重要。我惟愿保持住一份生命的本色,一份能够安静聆听别的生命也使别的生命愿意安静聆听的纯真,此中的快乐远非浮华功名可比。

很想让她知道我的感谢,但愿她读到这篇文章。

1994.3.

# 爱情不风流

有一个字,内心严肃的人最不容易说出口,有时是因为它太假,有时是因为它太真。

爱情不风流,爱情是两性之间最严肃的一件事。

调情是轻松的,爱情是沉重的。风流韵事不过是躯体的游戏,至多还是感情的游戏。可是,当真的爱情来临时,灵魂因恐惧和狂喜而颤栗了。

爱情不风流,因为它是灵魂的事。真正的爱情是灵魂与灵魂的相遇,肉体的亲昵仅是它的结果。不管持续时间是长是短,这样的相遇极其庄严,双方的灵魂必深受震撼。相反,在风流韵事中,灵魂并不真正在场,一点儿小感情只是肉欲的作料。

爱情不风流,因为它极认真。正因为此,爱情始终面临着失败的危险,如果失败又会留下很深的创伤,这创伤甚至可能终身不愈。热恋者把自己全身心投入对方并被对方充满,一旦爱情结束,就往往有一种被掏空的感觉。风流韵事却无所谓真正的成功或失败,投入甚少,所以退出也甚易。

爱情不风流,因为它其实是很谦卑的。"爱就是奉献"——如果除去这句话可能具有的说教意味,便的确是真理,准确地揭示了爱这种情感的本质。爱是一种奉献的激情,爱一个人,就会遏制不住地想为她(他)做些什么,想使她快乐,而且是绝对不求回报的。爱者的快乐就在这奉献之中,在他所创造的被爱者的快乐之中。最明显的例子是父母对幼仔的爱,推而广之,一切真爱均应如此。可以用这个标准去衡量男女之恋中真爱所占的比重,剩下的就只是情欲罢了。

爱情不风流,因为它需要一份格外的细致。爱是一种了解的渴望,爱一个人,就会不由自主地想了解她的一切,把她所经历和感受的一切当做最珍贵的财富接受过来,精心保护。如果你和一个异性发生了很亲密的关系,但你并没有这种了解的渴望,那么,我敢断定你并不爱她,你们之间只是又一段风流因缘罢了。

爱情不风流,因为它虽甜犹苦,使人销魂也令人断肠,同时是天堂和地狱。正如纪伯伦所说——

爱虽给你加冠,它也要把你钉在十字架上。它虽栽培你,它也刈剪你。

它虽升到你的最高处,抚惜你在日中颤动的枝叶。它也要降到你的根下,摇动你的根柢的一切关节,使之归土。

所以,内心不严肃的人,内心太严肃而又被这严肃吓住的人、自私的人、懦弱的人、玩世不恭的人、饱经风霜的人,在爱情面前纷纷逃跑了。

所以,在这人际关系日趋功利化、表面化的时代,真正的爱情似乎越来越稀少了。有人愤激地问我:"这年头,你可听说某某恋爱了,某某又失恋了?"我一想,果然少了,甚至带有浪漫色彩的风流韵事也不多见了。在两性交往中,人们好像是越来越讲究实际,也越来越潇洒了。

也许现代人真是活得太累了,所以不愿再给自己加上爱情的重负,而宁愿把两性关系保留为一个轻松娱乐的园地。也许现代人真是看得太透了,所以不愿再徒劳地经受爱情的折磨,而宁愿不动感情地面对异性世界。然而,逃避爱情不会是现代人精神生活空虚的一个征兆吗?爱情原是灵肉两方面的相悦,而在普遍的物欲躁动中，人们尚且无暇关注自己的灵魂，又怎能怀着珍爱的情意去发现和欣赏另一颗灵魂呢？

可是，尽管真正的爱情确实可能让人付出撕心裂肺的代价，却也会使人得到刻骨铭心的收获。逃避爱情的代价更大。就像一万部艳情小说也不能填补《红楼梦》的残缺一样，一万件风流韵事也不能填补爱情的空白。如果男人和女人之间不再信任和关心彼此的灵魂，肉体徒然亲近，灵魂终是陌生，他们就真正成了大地上无家可归的孤魂了。如果亚当和夏娃互相不再有真情甚至不再指望真情，他们才是真正被逐出了伊甸园。

爱情不风流，因为风流不过尔尔，爱情无价。

1994.5.

# 在沉默中面对

两位未曾晤面的朋友远道而来,因为读过我的论人生的书,要与我聊一聊人生。他们自己谈得很热烈,可是我却几乎一言不发,想必让他们失望了。我不是不愿说,而确实是不知道该说什么,怎么说。应约谈论人生始终是一件使我狼狈的事。

最真实最切己的人生感悟是找不到言词的。对于人生最重大的问题,我们每个人都只能在沉默中独自面对。我们可以一般地谈论爱情、孤独、幸福、苦难、死亡等等,但是,倘若这些词汇确有意义,那属于每个人自己的真正的意义始终在话语之外。我无法告诉别人我的爱情有多温柔,我的孤独有多绝望,我的幸福有多美丽,我的苦难有多沉重,我的死亡有多荒谬。我只能把这一切藏在心中。我所说出写出的东西只是思考的产物,而一切思考在某种意义上都是一种逃避,从最个别的逃向最一般的,从命运逃向生活,从沉默的深渊逃向语言的岸。如果说它们尚未沦为纯粹的空洞观念,那也只是因为它们是从沉默中挣扎出来的,身上还散发着深渊里不可名状的事物的气息。

有的时候,我会忽然觉得一切观念、话语、文字都变得异常疏远和陌生,惶然不知它们为何物,一向信以为真的东西失去了根据,于是陷入可怕的迷茫之中。包括读我自己过去所写的文字时,也常常会有这种感觉。这使我几乎丧失了再动笔的兴致和勇气,而我也确实很久没有认真地动笔了。之所以又拿起笔,实在是因为别无更好的办法,使我得以哪怕用一种极不可靠的方式保存沉默的收获,同时也摆脱沉默的压力。

我不否认人与人之间沟通的可能,但我确信其前提是沉默而不是言词。梅特林克说得好:沉默的性质揭示了一个人的灵魂的性质。在不能共享沉默的两个人之间,任何言词都无法使他们的灵魂发生沟通。对于未曾在沉默中面对过相同问题的人来说,再深刻的哲理也只是一些套话。事实上,那些浅薄的读者的确分不清深刻的感悟和空洞的感叹,格言和套话,哲理和老生常谈,平淡和平庸,佛性和故弄玄虚的禅机,而且更经常地是把鱼目当做珍珠,搜集了一堆破烂。一个人对言词理解的深度取决于他对沉默理解的深度,归根结底取决于他的沉默亦即他的灵魂的深度。所以,在我看来,凡有志于探究人生真理的人,首要的功夫便是沉默,在沉默中面对他灵魂中真正属于他自己的重大问题。到他有了足够的孕育并因此感到不堪其重负时,一切语言之门便向他打开了,这时他不但理解了有限的言词,而且理解了言词背后沉默着的无限的存在。

天津人民出版社从我已出版的散文中选编了一个集子,加入"人生感悟"丛书,嘱我写个前言,我便写了上面这些话,相信会心的读者不会觉得它们煞风景的。

1995.12.

# 在黑暗中并肩行走

人们常常说，人与人之间，尤其相爱的人之间，应该互相了解和理解，最好做到彼此透明，心心相印。史怀泽却在《我的青少年时代》（中译文见陈泽环译《敬畏生命》一书）中说，这是不可能的，即使可能，任何人也无权对别人提出这种要求。"不仅存在着肉体上的羞耻，而且还存在着精神上的羞耻，我们应该尊重它。心灵也有其外衣，我们不应脱掉它。"如同对于上帝的神秘一样，对于他人灵魂的神秘，我们同样不能像看一本属于自己的书那样去阅读和认识，而只能给予爱和信任。每个人对于别人来说都是一个秘密，我们应该顺应这个事实。相爱的人们也只是"在黑暗中并肩行走"，所能做到的仅是各自努力追求心中的光明，并互相感受到这种努力，互相鼓励，而"不需要注视别人的脸和探视别人的心灵"。

读着这些精彩无比的议论，我无言而瞥服，它们使我瞥见了史怀泽的"敬畏生命"伦理学的深度。凡是有着深刻而丰富的内心生活的人，必然会深知一切精神事物的神秘性并对之充满敬畏之情，史怀泽就是这样的一个人。在他看来，一切生命现象都是世界某种神秘的精神本质的显现，由此他提出了敬畏一切生命的主张。在一切生命现象中，尤以人的心灵生活最接近世界的这种精神本质。因而，他认为对于敬畏世界之神秘本质的人来说，"敬畏他人的精神本质"乃是不言而喻的事情。

以互相理解为人际关系的鹄的，其根源就在于不懂得人的心灵生活的神秘性。按照这一思路，人们一方面非常看重别人是否理解自己，甚至公开索取理解。至少在性爱中，索取理解似乎成了一种最正当的行为，而指责对方不理解自己则成了最严厉的谴责，有时候还被用作破裂前的最后通牒。另一方面，人们又非常踊跃地要求理解别人，甚至以此名义强迫别人袒露内心的一切，一旦遭到拒绝，便斥以缺乏信任。在爱情中，在亲情中，在其他较亲密的交往中，这种因强求理解和被理解而造成的有声或无声的战争，我们见得还少吗？可是，仔细想想，我们对自己又真正理解了多少？一个人懂得了自己理解自己之困难，他就不会强求别人完全理解自己，也不会奢望自己完全理解别人了。

在最内在的精神生活中，我们每个人都是孤独的，爱并不能消除这种孤独，但正因为由己及人地领悟到了别人的孤独，我们内心才会对别人充满最诚挚的爱。我们在黑暗中并肩而行，走在各自的朝圣路上，无法知道是否在走向同一个圣地，因为我们无法向别人甚至向自己说清心中的圣地究竟是怎样的。然而，同样的朝圣热情使我们相信，也许存在着同一个圣地。作为有灵魂的存在物，人的伟大和悲壮尽在于此了。

1997.3.

# 侯 家 路

春节回上海,家人在闲谈中说起,侯家路那一带的地皮已被香港影视圈买下,要盖演艺中心,房子都拆了。我听了心里咯噔了一下。从记事起,我就住在侯家路的一座老房子里,直到小学毕业,那里藏着我的全部童年记忆。离上海后,每次回去探亲,我总要独自到侯家路那条狭窄的卵石路上走走,如同探望一位久远的亲人一样也探望一下我的故宅。那么,从今以后,这个对于我很宝贵的仪式只好一笔勾销了。

侯家路是紧挨城隍庙的一条很老也很窄的路,那一带的路都很老也很窄,纵横交错,路面用很大的卵石铺成。从前那里是上海的老城,置身在其中,你会觉得不像在大上海,仿佛是在江南的某个小镇。房屋多为木结构,矮小而且拥挤。走进某一扇临街的小门,爬上黢黑的楼梯,再穿过架在天井上方的一截小木桥,便到了我家。那是一间很小的正方形屋子,上海人称作亭子间。现在回想起来,那间屋子可真是小啊,放一张大床和一张饭桌就没有空余之地了,但当时我并不觉得。爸爸一定觉得了,所以他自己动手,在旁边拼接了一间更小的屋子。逢年过节,他就用纸糊一只走马灯,挂在这间更小的屋子的窗口。窗口正对着天井上方的小木桥,我站在小木桥上,看透着烛光的走马灯不停地旋转,心中惊奇不已。现在回想起来,那时候爸爸妈妈可真是年轻呵,正享受着人生的美好时光,但当时我并不觉得。他们一定觉得了,所以爸爸要兴高采烈地做走马灯,妈妈的脸上总是漾

在云南（二），1988.

头像，刘彦画，1994.

着明朗的笑容。

也许人要到不再年轻的年龄,才会仿佛突然之间发现自己的父母也曾经年轻过。这一发现令我备感岁月的无奈。想想曾经多么年轻的他们已经老了或死了,便觉得摆在不再年轻的我面前的路缩短了许多。妈妈不久前度过了八十寿辰,但她把寿宴推迟到了春节举办,好让我们一家有个团聚的机会,我就是为此赶回上海来的。我还到苏州凭吊了爸爸的坟墓,自从他七年前去世后,这是我第一次给他上坟。对于我来说,侯家路是一个更值得留恋的地方,因为那里珍藏着我的童年岁月,而在我的童年岁月中,我的父母永不会衰老和死亡。

我终于忍不住到侯家路去了。可是,不再有侯家路了。那一带已经变成一片废墟,一个巨大的工地。遭到覆灭命运的不止是侯家路,还有许多别的路,它们已经永远从地球上消失了。当然,从城市建设的眼光看,这些破旧房屋早就该拆除了,毫不足惜。不久后,这里将屹立起气派十足的豪华建筑,令一切感伤的回忆寒酸得无地自容。所以,我赶快拿起笔来,为侯家路也为自己保留一点私人的纪念。

1997.3.

# 文学的安静

波兰女诗人维斯瓦娃·希姆博尔斯卡获得1996年诺贝尔文学奖之后，该奖的前一位得主爱尔兰诗人希尼写信给她，同情地叹道："可怜的、可怜的维斯瓦娃。"而维斯瓦娃也真的觉得自己可怜，因为她从此不得安宁了，必须应付大量来信、采访和演讲。她甚至希望有个替身代她抛头露面，使她可以回到隐姓埋名的正常生活中去。

维斯瓦娃的烦恼属于一切真正热爱文学的成名作家。作家对于名声当然不是无动于衷的，他既然写作，就不能不关心自己的作品是否被读者接受。但是，对于一个真正的作家来说，成为新闻人物却是一种灾难。文学需要安静，新闻则追求热闹，两者在本性上是互相敌对的。福克纳称文学是"世界上最孤寂的职业"，写作如同一个遇难者在大海上挣扎，永远是孤军奋战，谁也无法帮助一个人写他要写的东西。这是一个真正有自己的东西要写的人的心境，这时候他渴望避开一切人，全神贯注于他的写作。他遇难的海域仅仅属于他自己，他必须自己救自己，任何外界的喧哗只会导致他的沉没。当然，如果一个人并没有自己真正要写的东西，他就会喜欢成为新闻人物。对于这样的人来说，文学不是生命的事业，而只是一种表演和姿态。

我不相信一个好作家会是热中于交际和谈话的人。据我所知，最好的作家都是一些交际和谈话的节俭者，他们为了写作而吝于交际，为了文字而节省谈话。他们懂得孕育的神圣，在作品写出之前,忌讳向人谈论酝酿中的作品。凡是可以写进作品的东西,他们不愿把它们变成言谈而白白流失。维斯瓦娃说她一生只做过三次演讲,每次都备受折磨。海明威在诺贝尔授奖仪式上的书面发言仅一千字,其结尾是:"作为一个作家,我已经讲得太多了。作家应当把自己要说的话写下来,而不是讲出来。"福克纳拒绝与人讨论自己的作品,因为:"毫无必要。我写出来的东西要自己中意才行,既然自己中意了,就无须再讨论,自己不中意,讨论也无济于事。"相反,那些喜欢滔滔不绝地谈论文学、谈论自己的写作打算的人,多半是文学上的低能儿和失败者。

　　好的作家是作品至上主义者,就像福楼拜所说,他们是一些想要消失在自己作品后面的人。他们最不愿看到的情景就是自己成为公众关注的人物,作品却遭到遗忘。因此,他们大多都反感别人给自己写传。海明威讥讽热中于为名作家写传的人是"联邦调查局的小角色",他建议一心要写他的传记的菲力普·扬去研究死去的作家,而让他"安安静静地生活和写作"。福克纳告诉他的传记作者马尔科姆·考利:"作为一个不愿抛头露面的人,我的雄心是要退出历史舞台,从历史上销声匿迹,死后除了发表的作品外,不留下一点废物。"昆德拉认为,卡夫卡在临死前之所以要求毁掉信件,是耻于死后成为客体。可惜的是,卡夫卡的研究者们纷纷把注意力放在他的生平细节上,而不是他的小说艺术上,昆德拉对此评论道:"当卡夫卡比约瑟夫·K更引人注目时,卡夫卡即将死亡的进程便开始了。"

　　在研究作家的作品时,历来有作家生平本位和作品本位之争。十九世纪法国批评家圣伯夫是前者的代表,他认为作家生平是作品形成的内在依据,因此不可将作品同人分开,必须收集有关作家的一切可能的资料,包括家族史、早期教育、书信、知情人的回忆等等。在自己生前未发表的笔记中,普鲁斯特对当时占统治地位的这种观点做了精彩的反驳。他指出,作品是作家的"另一个自我"的产物,这个"自我"不仅有别于作家表现在社会上的外在自我,而且惟有排除了那个外在自我,才能显身并进入写作状态。圣伯夫把文学创作与谈话混为一谈,热中于打听一个作家发表过一些什么见解,而其实文学创作是在孤独中、在一切谈话都沉寂下来时进行的。一个作家在对别人谈话时只不过是一个上流社会人士,只有当他仅仅面对自己、全力倾听和表达内心真实的声音之时,亦即只有当他写作之时,他才是一个作家。因此,作家的真正的自我仅仅表现在作品中,而圣伯夫的方法无非是要求人们去研究与这个真正的自我毫不相干的一切方面。不管后来的文艺理论家们如何分析这两种观点的得失,一个显著的事实是,几乎所有第一流的作家都本能地站在普鲁斯特一边。海明威简洁地说:"只要是文学,就不用去管谁是作者。"昆德拉则告诉读者,应该在小说中寻找存在中,而非作者生活中的某些不为人知的方面。对于一个严肃的作家来说,他生命中最严肃的事情便是写作,他把他最好的东西都放到了作品里,其余的一切已经变得可有可无。因此,毫不奇怪,他绝不愿意作品之外的任何东西来转移人们对他的作品的注意,反而把他的作品看作可有可无,宛如——借用昆德拉的表达——他的动作、声明、立场的一个阑尾。

然而,在今天,作家中还有几人仍能保持着这种迂腐的严肃?将近两个世纪前,歌德已经抱怨新闻对文学的侵犯:"报纸把每个人正在做的或者正在思考的都公之于众,甚至连他的打算也置于众目睽睽之下。"其结果是使任何事物都无法成熟,每一时刻都被下一时刻所消耗,根本无积累可言。歌德倘若知道今天的情况,他该知足才是。我们时代的鲜明特点是文学向新闻的蜕变,传媒的宣传和炒作几乎成了文学成就的惟一标志,作家们不但不以为耻,反而争相与传媒调情。新闻记者成了指导人们阅读的权威,一个作家如果未在传媒上亮相,他的作品就必定默默无闻。文学批评家也只是在做着新闻记者的工作,如同昆德拉所说,在他们手中,批评不再以发现真正有价值的作品及其价值所在为己任,而是变成了"简单而匆忙的关于文学时事的信息"。其中更有哗众取宠之辈,专以危言耸听、制造文坛新闻事件为能事。在这样一个浮躁的时代,文学的安静已是过时的陋习,或者——但愿我不是过于乐观——只成了少数不怕过时的作家的特权。

1997.8.

# 生命中的无奈

这是妞妞六周年的忌日,天色阴郁,我打电话问候雨儿。她说,她记得六年前的今天是晴天。她还说,妞妞现在该在上小学了。她只能说这些,也许她自己也不知道她多么无奈。这些天,我曾经回到我们共同养育妞妞的屋子,那里已经面目全非,只在一个被遗忘的顶柜里塞满了妞妞的玩具,仍是当年我存放的原样,我一件件取出和摩挲,仿佛能够感觉到妞妞小手的余温。无须太久,妞妞生活过的痕迹将在这所屋子里消失殆尽,而即使我们能够把这所屋子布置成永久的博物馆,我们也仍然不能从中找到往事的意义。

在把《妞妞》一书交付出版以后,我自以为完成了一个告别的姿态——与妞妞告别,与雨儿告别,与我生命中一段心碎的日子告别。我不去读这本书。对于我来说,它不是一本书,而是一座坟,我垒筑它是为了离开它,从那里出发走向新的生活。然而,我未尝想到,在读者眼里,它仍然是一本书。我无法阻挡它常常出现在畅销书的排行榜上,无法阻挡涌向书摊书店的大量盗印本,无法阻挡报刊上许多令人感动的评论。那么,也许我不应该把如此私密的经历公之于众,使之成为又一个社会故事?或者相反,正因为它不止是一个私人事件,还蕴含着人类精神的某种相同境遇,我便应该和读者一起继续勇敢地面对它?

可是我知道,问题并不在于是否勇敢。我相信我有足够的勇气面对生活中已经发生的一切,我甚至敢于深入到悲剧的核心,在纯粹的荒谬之中停留,但我的生活并不会因此出现奇迹般的变化。人们常常期望一个经历了重大苦难的人生活得与众不同,人们认为他应该比别人有更积极或者更超脱的人生境界。然而,实际上,只要我活下去,我就仍旧只能是芸芸众生中的一员,我依然会被卷入世俗生活的漩涡。譬如说,许多读者对于我和雨儿的终于离异感到震惊和不解,他们希望得到一个比一般离异事件远为崇高的解释。事实却是我和雨儿与别人没有什么不同,苦难和觉悟都不能使我们免除人性的弱点。即使我们没有离异,我们仍会过着与别人一样的普通的日子。生命中那些最深刻的体验必定也是最无奈的,它们缺乏世俗的对应物,因而不可避免地会被日常生活的潮流淹没。当然,淹没并不等于不存在了,它们仍然存在于日常生活所触及不到的深处,成为每一个人既无法面对,也无法逃避的心灵暗流。

我的确相信,每一个人的心灵中都有这样的暗流,无论你怎样逃避,它们都依然存在,无论你怎样面对,它们都不会浮现到生活的表面上来。当生活中的小挫折彼此争夺意义之时,大苦难永远藏在找不到意义的沉默的深渊里。认识到生命中的这种无奈,我看自己、看别人的眼光便宽容多了,不会再被喧闹的表面现象所迷惑。在评论《妞妞》的文章中,有一位作者告诉我,陪着我的寂寞坐着的,另外还有很多寂寞;另一位作者告诉我,真正的痛点是无从超越,没有意义能够引渡我们。我感谢这两位有慧心的作者。我想,《妞妞》一书之所以引人心动,原因一定就在这人人都摆脱不了的无奈。

1997.11.

# 世上本无奇迹

《鲁滨逊漂流记》出版二百周年之际,弗吉尼亚·伍尔夫发表感想说,她觉得这本书像是一部万古常新的无名氏作品,而不像是若干年前某个人的精心之作,因此,要庆祝它的生日,就像庆祝史前巨石柱的生日一样令人感到奇怪。这话道出了我们读某些经典名著时的共同感觉。当然,即使在经典名著中,这样的作品也是不多的,而《鲁滨逊漂流记》也许是最有代表性的一部。

故事本身是尽人皆知的,它涉及一桩奇遇:鲁滨逊在荒无人烟的孤岛上生活了二十八年,终于活着回到了人群中。可是,知道这个故事与读这本书完全是两回事。如果你仅仅知道故事梗概而不去读这本书,你将错过最重要的东西。一部伟大的小说,其所以伟大之处不在故事本身,而在对故事的叙述。在笛福笔下,鲁滨逊的孤岛奇遇是由许许多多丝毫不是奇遇的具体事件和平凡细节组成的,他只是从容道来,丝毫不加渲染,一切都好像是事情自己在那里发生着。他的叙事语言朴实,准确,宛若自然天成,因此而极有力量,使我们几乎不可能怀疑他所叙述的事情的真实性。我们仿佛身历其境地看到,只身落在荒岛上的鲁滨逊怎样由惊恐而到渐渐适应,在习惯了孤独以后,又怎样因为在沙滩上发现人的脚印而感到新的惊恐。我们看到他为了排除寂寞,怎样辛勤地营建自己的小窝,例如怎样花费四十二天工夫把一棵大树做成一块简陋的隔板。我们会觉得,这一切都是十分真实的,倘若我们落入那个境遇里,我们也会那样反应和那样做。鲁滨逊能够在孤岛上活下来，靠的不是超自然的奇迹，而是生存本能和一点好运气罢了。

在过去的评论中，人们常常强调笛福是资产阶级的代言人，小说的主旨是鼓吹勤劳求生和致富。在我看来，即使这部小说含有道德训诫的意思，也绝非如此肤浅。在现实生活中，笛福是一个很入世的人，曾经经商、从政、办刊物，在每一个领域都折腾得很厉害，大起大落，最后失败得也很惨，是一个喜欢折腾又历尽坎坷的人。他自己总结说："谁也没有经受过这么多命运的拨弄，我曾经十三回穷了又富，富了又穷。"到了晚年，他才开始写小说。使我感到有趣的是，就是这样一个人，却借了鲁滨逊的眼光，表达了对俗世的一种超脱和批评的立场。在远离世界并且毫无返回希望的情形下，鲁滨逊发现自己看世界的眼光完全变了。他的眼光的变化，我认为最有价值的是两点。一是对财富的看法。由于他碰巧落在一个物产丰富的岛上，加上他的勤勉，他称得上很富有了。可是他发现，财富再多，他所能享受的也只是自己能够使用的部分，而这个部分是非常有限的，其余多出的部分对于他没有任何实际价值。由此他意识到，世人的贪婪乃是出于虚荣，而非出于真实的需要。另一是对宗教的看法。如果说他还是一个基督徒的话，他的宗教信仰也变得极其单纯了，仅限于从上帝的仁慈中寻求活下去的勇气和安宁的心境。由此他回想人世间宗教上的一切烦琐的争执，看破了它们的毫无意义。我相信在这两点认识中包含着某种基本的真理。世上种种纷争，或是为了财富，或是为了教义，不外乎利益之争和观念之争。当我们身在其中时，我们不免很看重。但是，我们每一个人都迟早要离开这个世界，并且绝对没有返回的希望。在这个意义上，我们不妨也用鲁滨逊的眼光来看一看世界，这会帮助我们分清本末。我们将发现，我们真正需要的物质产品和真正值得我们坚持的精神原则都是十分有限的，在单纯的生活中包含着人生的真谛。

孤岛遐想是现代人喜欢做的一个游戏。只身一人漂流到了一座孤岛上，这种情景对于想象力是一个刺激。不过，我们的想象力往往底气不足，如果没有某种浪漫的奇迹来救助，便难以为继。最后，也就只好满足于带什么书去读、什么音乐去听之类的小情调而已。在鲁滨逊的孤岛上也没有奇迹。那里不是桃花源，没有乌托邦式的社会实验。那里不是伊甸园，没有女人和艳遇。鲁滨逊在他的孤岛上所做的事情在人类历史上其实是经常发生的，这就是凭借从一个文明社会中抢救出的少许东西，重新开始建立这个文明社会。世上本无奇迹，但世界并不因此而失去了魅力。我甚至相信，人最接近上帝的时刻不是在上帝向人显示奇迹的时候，而是在人认识到世上并无奇迹却仍然对世界的美丽感到惊奇的时候。

1998.1.

# 都市里的外乡人

我出生在都市,并且在都市里度过了迄今为止的大部分岁月。可是,我常常觉得,我只是都市里的一个外乡人。我的活动范围极其有限,基本上是坐在家里读书和写作,每周去一趟单位,偶尔到朋友家里串一串门,或者和朋友们去郊外玩一玩。在偌大都市中,我最熟悉的仅是住宅附近的一两家普通商店,那已经足以应付我的基本生活需要了。其余的广大区域,尤其是使都市引以自豪的那许多豪华商场和高级娱乐场所,对于我不过是一种观念的存在,是一些我无暇去探究的现代迷宫。

近些年来,我到过别的一些城市。我惊奇地发现,所到之处,即使是从前很偏僻的地方,都正在迅速涌现一个个新的都市。然而,这些新的都市是何其雷同!古旧的小街和城墙被拆除了,取而代之的是环城公路和通衢大道。格局相似的豪华商场向每一个城市的中心胜利进军,成为每一个城市的新的标记。可是,这些标记丝毫不能显示城市的特色,相反却证明了城市的无名。事实上,当你徘徊在某一个城市的街头时,如果单凭眼前的景观,你的确无法判断自己究竟身在哪一个城市。甚至人们的消闲方式也在趋于一致,夜幕降临之后,延安城里不再闻秧歌之声,时髦的青年男女纷纷走进兰花花卡拉OK厅。

当然,都市化还可以有另一种模式。我到过欧洲的一些城市,例如世界大都会巴黎,那里在更新城市建筑的同时,把维护城市的历史风貌看得比一切都重要,几近于神圣不可侵犯。一个城市的建筑风格和民俗风情体现了这个城市的个性,它们源于这个城市的特殊的历史和文化传统。消灭了一个城市的个性,差不多就等于是消灭了这个城市的记忆。这样的城市无论多么繁华,对于它的客人都丧失了学习和欣赏的价值,对于它的主人也丧失了家的意义。其实,在一个失去了记忆的城市里,并不存在真正的主人,每一个居民都只是无家可归的外乡人而已。

就我的性情而言,我恐怕永远将是一个游离于都市生活的外乡人。不过,我无意反对都市化。我知道,虽然都市化会带来诸如人口密集、交通拥挤之类的弊端,但都市化本身毕竟是一个进步,它促进了经济和文化的繁荣。我只是希望都市化按照一种健康的方式进行。即使作为一个外乡人,我也是能够欣赏都市的美的。有时候,夜深人静之时,我独自漫步在灯火明灭的北京街头,望着被五光十色的聚光灯照亮的幢幢高楼,一种赞叹之情便会油然而生:在浩瀚宇宙的一个小小的角落,可爱的人类竟给自己造出了这么些精巧的玩具。我还庆幸于自己的发现:都市最美的时刻,是在白昼和夜生活的喧嚣都沉寂了下去的时候。

1998.1.

# 人人都是孤儿

我们为什么会渴望爱？我们心中为什么会有爱？我的回答是：因为我们人人都是孤儿。

当然，除了极少数的例外，我们每个人降生时都是有父有母的，随后又都在父母的抚养下逐渐长大成人。可是，仔细想想，父母之孕育我们是一件多么偶然的事啊！大千世界里，凭什么说那个后来成为你父亲的男人与那个后来成为你母亲的女人就一定会相识，一定会结合，并且又一定会在那个刚好能孕育你的时刻做爱？而倘若他们没有相识，或相识了没有结合，或结合了没有在那个时刻做爱，就压根儿不会有你！这个道理可以一直往上推，只要你的祖先中有一对未在某个特定的时刻做爱，就不会有后来导致你诞生的所有世代，也就不会有你。如此看来，我们每一个人都是茫茫宇宙间极其偶然的产物，造化只是借了同样是偶然产物的我们父母的身躯把我们从虚无中产生了出来。

父母既不是我们在这个世界上诞生的必然根据，也不能成为保护我们免受人世间种种苦难的可靠屏障。也许在童年的短暂时间里，我们相信在父母的怀抱中找到了万无一失的安全。然而，终有一天，我们会明白，凡降于我们身上的苦难，不论是疾病、精神的悲伤还是社会性的挫折，我们都必须自己承受，再爱我们的父母也是无能为力的。最后，当死神召唤我们的时候，世上绝没有一个父母的怀抱可以使我们免于一死。

因此，从茫茫宇宙的角度看，我们每一个人的确都是无依无靠的孤儿,偶然地来到世上,又必然地离去。正是因为这种根本性的孤独境遇,才有了爱的价值、爱的理由。人人都是孤儿,所以人人都渴望有人爱,都想要有人疼。我们并非只在年幼时需要来自父母的疼爱,即使在年长时从爱侣那里,年老时从晚辈那里,孤儿寻找父母的隐秘渴望都始终伴随着我们,我们仍然期待着父母式的疼爱。另一方面,如果我们想到与我们一起暂时居住在这颗星球上的任何人,包括我们的亲人,都是宇宙中的孤儿,我们心中就会产生一种大悲悯,由此而生出一种博大的爱心。我相信,爱心最深厚的基础是在这种大悲悯之中,而不是在别的地方。譬如说性爱,当然是离不开性欲的冲动或旨趣的相投的,但是,假如你没有那种把你的爱侣当做一个孤儿来疼爱的心情,我敢断定你的爱情还是比较自私的。即使是子女对父母的爱,其中最刻骨铭心的因素也不是受了养育之后的感恩,而是无法阻挡父母老去的绝望,在这种绝望之中,父母作为无人能够保护的孤儿的形象清晰地展现在了你的眼前。

1998.1.

# 记住回家的路

生活在今日的世界上,心灵的宁静不易得。这个世界既充满着机会,也充满着压力。机会诱惑人去尝试,压力逼迫人去奋斗,都使人静不下心来。我不主张年轻人拒绝任何机会,逃避一切压力,以闭关自守的姿态面对世界。年轻的心灵本不该静如止水,波澜不起。世界是属于年轻人的,趁着年轻到广阔的世界上去闯荡一番,原是人生必要的经历。所须防止的只是,把自己完全交给了机会和压力去支配,在世界上风风火火或浑浑噩噩,迷失了回家的路途。

每到一个陌生的城市,我的习惯是随便走走,好奇心驱使我去探寻这里的热闹的街巷和冷僻的角落。在这途中,难免暂时地迷路,但心中一定要有把握,自信能记起回住处的路线,否则便会感觉不踏实。我想,人生也是如此。你不妨在世界上闯荡,去建功创业、去探险猎奇、去觅情求爱,可是,你一定不要忘记了回家的路。这个家,就是你的自我,你自己的心灵世界。

寻求心灵的宁静,前提是首先要有一个心灵。在理论上,人人都有一个心灵,但事实上却不尽然。有一些人,他们永远被外界的力量左右着,永远生活在喧闹的外部世界里,未尝有真正的内心生活。对于这样的人,心灵的宁静就无从谈起。一个人惟有关注心灵,才会因为心灵被扰乱而不安,才会有寻求心灵的宁静之需要。所以,具有过内心生活的禀赋,或者养成这样的习惯,这是最重要的。有此禀赋或习惯的人都知道,其实内心生活与外部生活并非互相排斥的,同一个人完全可能在两方面都十分丰富。区别在于,注重内心生活的人善于把外部生活的收获变成心灵的财富,缺乏此种禀赋或习惯的人则往往会迷失在外部生活中,人整个儿是散的。自我是一个中心点,一个人有了坚实的自我,他在这个世界上便有了精神的坐标,无论走多远都能够找到回家的路。换一个比方,我们不妨说,一个有着坚实的自我的人便仿佛有了一个精神的密友,他无论走到哪里都带着这个密友,这个密友将忠实地分享他的一切遭遇,倾听他的一切心语。

　　如果一个人有自己的心灵追求,又在世界上闯荡了一番,有了相当的人生阅历,那么,他就会逐渐认识到自己在这个世界上的位置。世界无限广阔,诱惑永无止境,然而,属于每一个人的现实可能性终究是有限的。你不妨对一切可能性保持着开放的心态,因为那是人生魅力的源泉,但同时你也要早一些在世界之海上抛下自己的锚,找到最适合自己的领域。老子说:"不失其所者久。"一个人不论伟大还是平凡,只要他顺应自己的天性,找到了自己真正喜欢做的事,并且一心把自己喜欢做的事做得尽善尽美,他在这世界上就有了牢不可破的家园。于是,他不但会有足够的勇气去承受外界的压力,而且会有足够的清醒来面对形形色色的机会的诱惑。我们当然没有理由怀疑,这样的一个人必能获得生活的充实和心灵的宁静。

1998.4.

肖像，李江树摄，1993.

# 第一章 绝 电

　　妞妞是在离我家不远的一所医院里诞生的。每回路过这所医院，我总不由自主地朝大门内那座白色的大楼张望，仿佛看见刚出生的妞妞被裹在纱布里，搁在三层楼育婴室的小床上，正等着我去领。这个意念如此强烈，尽管我明知道妞妞已经死去，还是忍不住要那么张望。

　　这所医院离我家的确很近，走出住宅区，横穿马路，向东只有几分钟的路程。它坐落在我上班的必经之路上，使我不可避免地常常要路过它。然而，我一次也没有真的走进去，一个清晰的记忆阻止我把意向变为行动。三年前的一个下午，我急匆匆斜穿马路，因为违反交通规则，被截在对面人行道旁的一个警察

《妞妞——一个父亲的札记》手稿第 1 页，1994．

# 另一个韩愈

去年某月,到孟县参加一个笔会。孟县是韩愈的故乡,于是随身携带了一本他的集子,作为旅途消遣的读物。小时候就读过韩文,也知道他是"文起八代之衰"的大文豪,但是印象里他是儒家道统的卫道士,又耳濡目染"五四"以来文人学者对他的贬斥,便一直没有多读的兴趣。未曾想到,这次在旅途上随手翻翻,竟放不下了,仿佛发现了另一个韩愈,一个深通人情、明察世态的韩愈。

譬如说那篇《原毁》,最早是上中学时在语文课本里读到的,当时还背了下来。可是,这次重读,才真正感觉到,他把毁谤的根源归结为懒惰和嫉妒,因为懒惰而自己不能优秀,因为嫉妒而怕别人优秀,这是多么准确。最有趣的是他谈到自己常常做一种试验,方式有二。其一是当众夸不在场的某人,结果发现,表示赞同的只有那人的朋党、与那人没有利害竞争的人以及惧怕那人的人,其余的一概不高兴。其二是当众贬不在场的某人,结果发现,不表赞同的也不外上述三种人,其余的一概兴高采烈。韩愈有这种恶作剧的心思和举动,我真觉得他是一个聪明可爱的人。我相信,一定会有一些人联想起自己的类似经验,发出会心的一笑。

安史之乱时,张巡、许远分兵坚守睢阳,一年后兵尽粮绝,城破殉难。由于城是先从许远所守的位置被攻破的,许远便多遭诟骂,几被目为罪人。韩愈在谈及这段史实时替许远不平,讲了一个很简单的道理：人之将死，其器官必有先得病的，因此而责怪这先得病的器官，也未免太不明事理了。接着叹道："小人之好议论，不乐成人之美如是哉！"这个小例子表明韩愈的心态何其正常平和，与那些好唱高调整人的假道学不可同日而语。

在《与崔群书》中，韩愈有一段话论人生知己之难得，也是说得坦率而又沉痛。他说他平生交往的朋友不算少，浅者不去说，深者也无非是因为同事、老相识、某方面兴趣相同之类表层的原因，还有的是因为一开始不了解而来往已经密切，后来不管喜欢不喜欢也只好保持下去了。我很佩服韩愈的勇气，居然这么清醒地解剖自己的朋友关系。扪心自问，我们恐怕都不能否认，世上真正心心相印的朋友是少而又少的。

至于那篇为自己的童年手足、与自己年龄相近却早逝的侄儿十二郎写的祭文，我难以描述读它时的感觉。诚如苏东坡所言，"其惨痛悲切，皆出于至情之中"，读了不掉泪是不可能的。最崇拜他的欧阳修则好像不太喜欢他的这类文字，批评他"其心欢戚，无异庸人"。可是，在我看来，常人的真情达于极致正是伟大的征兆之一。这样一个内心有至情、又能冷眼看世相人心的韩愈，虽然一生挣扎于宦海，却同时向往着"与其有誉于前，孰若无毁于后；与其有乐于身，孰若无忧于心"的隐逸生活，我对此是丝毫不感到奇怪的。可惜的是，在实际上，他忧患了一生，死后仍摆脱不了无尽的毁誉。在孟县时，我曾到韩愈墓凭吊，墓前有两棵枝叶苍翠的古柏，我站在树下默想：韩愈的在天之灵一定像这些古柏一样，淡然观望着他身后的一切毁誉吧。

1998.6.

# 纪念所掩盖的

在尼采逝世一百周年的日子来临之际,世界各地的哲学教授们都在筹备纪念活动。对于这个在哲学领域发生了巨大影响的人物,哲学界当然有纪念他的充足理由。我的担心是,如果被纪念的真正是一位精神上的伟人,那么,任何外在的纪念方式都可能与他无关,而成了活着的人的一种职业性质的或者新闻性质的热闹。

我自己做过一点尼采研究,知道即使从学理上看,尼采的哲学贡献也是非常了不起的。打一个比方,西方哲学好像一个长途跋涉的寻宝者,两千年来苦苦寻找着一件据认为是性命攸关的宝物——世界的某种终极真理,康德把这个人唤醒了,喝令他停下来,以令人信服的逻辑向他指出,他所要寻找的宝物藏在一间凭人类的能力绝对进入不了的密室里。于是,迷途者一身冷汗,颓然坐在路旁,失去了继续行走的目标和力量。这时候尼采来了,向迷途者揭示了一个更可怕的事实:那件宝物根本就不存在,连那间藏宝物的密室也是康德杜撰出来的。但是,他接着提醒这个绝望的迷途者:世上本无所谓宝物,你的使命就是为事物的价值立法,创造出能够神化人类生存的宝物。说完这话,他越过迷途者,向道路尽头的荒野走去。迷途者望着渐渐隐入荒野的这位先知的背影,若有所悟,站起来跟随而行,踏上了寻找另一种宝物的征途。

在上述比方中,我大致概括了尼采在破和立两个方面的贡献,即一方面最终摧毁了始自柏拉图的西方传统形而上学,另一方面开辟了立足于价值重估对世界进行多元解释的新方向。不能不提及的是,在这破立的过程中,他充分显示了自己的哲学天才。譬如说,他对现象是世界惟一存在方式的观点的反复阐明,他对语言在形而上学形成中的误导作用的深刻揭露,表明他已经触及了二十世纪两个最重要的哲学运动——现象学和语言哲学的基本思想。

然而,尼采最重要的意义还不在于学理的探讨,而在于精神的示范。他是一个真正把哲学当做生命的人。我始终记着他在投身哲学之初的一句话:"哲学家不仅是一个大思想家,而且也是一个真实的人。"这句话是针对康德的。康德证明了形而上学作为科学真理的不可能,尼采很懂得这一论断的分量,指出它是康德之后一切哲学家都无法回避的出发点。令他不满甚至愤慨的是,康德对自己的这个论断抱一种不偏不倚的学者态度,而康德之后的绝大多数哲学家也就心安理得地放弃了对根本问题的思考,只满足于枝节问题的讨论。在尼采看来,对世界和人生的某种最高真理的寻求乃是灵魂的需要,因而仍然是哲学的主要使命,只是必须改变寻求的路径。因此,他一方面是传统形而上学的无情批判者,另一方面又是怀着广义的形而上学渴望的热情探索者。如果忽视了这后一方面,我们就可能在纪念他的同时把他彻底歪曲。

我的这种担忧是事出有因的。当今哲学界的时髦是所谓后现代,而且各种后现代思潮还纷纷打出尼采的旗帜,在这样的热闹中,尼采也被后现代化了。于是,价值重估变成了价值虚无,解释的多元性变成了解释的任意性,酒神精神变成了佯醉装疯。后现代哲学家把反形而上学的立场推至极端,被解构掉的不仅是世界本文,而且是哲学本身。尼采要把哲学从绝路领到旷野,再在旷野上开出一条新路,他们却兴高采烈地撺掇哲学吸毒和自杀，可是他们居然还自命是尼采的精神上的嫡裔。尼采一生不断生活在最高问题的风云中，孜孜于为世界和人生寻找一种积极的总体解释，与他们何尝有相似之处。据说他们还从尼采那里学来了自由的文风，然而，尼采的自由是涌流，是阳光下的轻盈舞蹈，他们的自由却是拼贴，是彩灯下的胡乱手势。依我之见，尼采在死后的一百年间遭到了两次最大的歪曲。第一次是被法西斯化，第二次便是被后现代化。我之怀疑后现代哲学家还有一个理由，就是他们太时髦了。他们往往是一些喜欢在媒体上露面的人。尼采生前的孤独是尽人皆知的。虽说时代不同了，但是，一个哲学家、一种哲学变成时髦终究是可疑的事情。

两年前，我到过瑞士境内一个名叫西尔斯－玛丽亚的小镇，尼采曾在那里消度八个夏天，现在他居住过的那栋小楼被命名为了尼采故居。当我进到里面参观，看着游客们购买各种以尼采的名义出售的纪念品时，不禁心想，所谓纪念掩盖了多少事实真相啊！当年尼采在这座所谓故居中只是一个贫穷的寄宿者，双眼半盲，一身是病，就着昏暗的煤油灯写着那些没有一个出版商肯接受的著作，勉强凑了钱自费出版以后，也几乎找不到肯读的人。他从这里向世界发出过绝望的呼喊，但无人应答，正是这无边的沉默和永久的孤独终于把他逼疯了。而现在，人们从世界各地来这里参观他的故居，来纪念他。真的是纪念吗？西尔斯－玛丽亚是阿尔卑斯山麓的一个风景胜地，对于绝大多数游客来说，所谓尼采故居不过是一个景点，所谓参观不过是一个旅游节目罢了。

所以，在尼采百年忌日来临之际，我心怀猜忌地远离各种外在的纪念仪式，宁愿独自默温这位真实的人的精神遗产。

2000.8.

# 在维纳斯脚下哭泣

一八四八年五月,海涅五十一岁,当时他流亡巴黎,贫病交加,久患的脊髓病已经开始迅速恶化。怀着一种不祥的预感,他拖着艰难的步履,到卢浮宫去和他所崇拜的爱情女神告别。一踏进那间巍峨的大厅,看见屹立在台座上的维纳斯雕像,他就禁不住号啕痛哭起来。他躺在雕像脚下,仰望着这个无臂的女神,哭泣良久。这是他最后一次走出户外,此后瘫痪在床八年,于五十九岁溘然长逝。

海涅是我十八岁时最喜爱的诗人,当时我正读大学二年级,对于规定的课程十分厌烦,却把这位德国诗人的几本诗集拿在手里翻来覆去地吟咏,自己也写了许多海涅式的爱情小诗。可是,在那以后,我便与他阔别了,三十多年里几乎没有再去探望过他。最近几天,因为一种非常偶然的机缘,我又翻开了他的诗集。现在我已经超过了海涅最后一次踏进卢浮宫的年龄,这个时候读他,就比较懂得他在维纳斯脚下哀哭的心情了。

海涅一生写得最多的是爱情诗,但是他的爱情经历说得上悲惨。他的恋爱史从他爱上两个堂妹开始,这场恋爱从一开始就是无望的,两姐妹因为他的贫寒而从未把他放在眼里,先后与凡夫俗子成婚。然而,正是这场单相思成了他的诗才的触媒,使他的灵感一发而不可收拾,写出了大量脍炙人口的诗歌,奠定了他在德国的爱情诗之王的地位。可是,虽然在艺术上得到了丰收,屈辱的经历却似乎在他的心中刻下了永久的伤痛。在他诗名业已大振的壮年,他早年热恋的两姐妹之一苔莱丝特意来访他,向他献殷勤。对于这位苔莱丝,当年他曾献上许多美丽的诗,最有名的一首据说先后被音乐家们谱成了二百五十种乐曲,我把它引在这里——

> 你好像一朵花,
> 这样温情,美丽,纯洁;
> 我凝视着你,我的心中
> 不由涌起一阵悲切。
>
> 我觉得,我仿佛应该
> 用手按住你的头顶,
> 祷告天主永远保你
> 这样纯洁,美丽,温情。

真是太美了。然而,在后来的那次会面之后,他写了一首题为《老蔷薇》的诗,大意是说:她曾是最美的蔷薇,那时她用刺狠毒地刺我,现在她枯萎了,刺我的是她下巴上那颗带硬毛的黑痣。结语是:"请往修道院去,或者去用剃刀刮一刮光。"把两首诗放在一起,其间的对比十分残忍,无法相信它们是写同一个人的。这首诗实在恶毒得令人吃惊,不过我知道,它同时也真实得令人吃惊,最诚实地写下了诗人此时此刻的感觉。

对两姐妹的爱恋是海涅一生中最投入的情爱体验,后来他就不再有这样的痴情了。我们不妨假设,倘若苔莱丝当初接受了他的求爱,她人老珠黄之后下巴上那颗带硬毛的黑痣还会不会令他反感?从他对美的敏感来推测,恐怕也只是程度的差异而已。其实,就在他热恋的那个时期里,他的作品就已常含美易消逝的忧伤,上面所引的那首名诗也是例证之一。不过,在当时的他眼里,美正因为易逝而更珍贵,更使人想要把它挽留住。他当时是一个痴情少年,而痴情之为痴情,就在于相信能使易逝者永存。对美的敏感原是这种要使美永存的痴情的根源,但是,它同时又意味着对美已经消逝也敏感,因而会对痴情起消解的作用,在海涅身上发生的正是这个过程。后来,他好像由一个爱情的崇拜者变成了一个爱情的嘲讽者,他的爱情诗出现了越来越强烈的自嘲和讽刺的调子。嘲讽的理由却与从前崇拜的理由相同,从前,美因为易逝而更珍贵,现在,却因此而不可信,遂使爱情也成了只能姑妄听之的谎言。这时候,他已名满天下,在风月场上春风得意,读一读《群芳杂咏》标题下的那些猎艳诗吧,真是写得非常轻松潇洒,他好像真的从爱情中拔出来了。可是,只要仔细品味,你仍可觉察出从前的那种忧伤。他自己承认:"尽管饱尝胜利滋味,总缺少一种最要紧的东西",就是"那消失了的少年时代的痴情"。由对这种痴情的怀念,我们可以看出海涅骨子里仍是一个爱情的崇拜者。

在海涅一生与女人的关系中,事事都没有结果,除了年轻时的单恋,便是成名以后的逢场作戏。惟有一个例外,就是在流亡巴黎后与一个他名之为玛蒂尔德的鞋店女店员结了婚。我们可以想见,在他们之间毫无浪漫的爱情可言。海涅年少气盛时曾在一首诗中宣布,如果他未来的妻子不喜欢他的诗,他就要离婚。现在,这个女店员完全不通文墨,他却容忍下来了。后来的事实证明,在他瘫痪卧床以后,她不愧是一个任劳任怨的贤妻。在他最后的诗作中,有两首是写这位妻子的,读了真是令人唏嘘。一首写他想象自己的周年忌日,妻子来上坟,他看见她累得脚步不稳,便嘱咐她乘出租车回家,不可步行。另一首写他哀求天使,在他死后保护他的孤零零的遗孀。这无疑是一种生死相依的至深感情,但肯定不是他理想中的爱情。在他穷困潦倒的余生,爱情已经成为一种遥远的奢侈。

即使在诗人之中,海涅的爱情遭遇也应归于不幸之列。但是,我相信问题不在于遭遇的幸与不幸,而在于他所热望的那种爱情是根本不可能实现的。在他的热望中,世上应该有永存的美,来保证爱的长久,也应该有长久的爱,来保证美的永存。在他五十一岁的那一天,当他拖着病腿走进卢浮宫的时候,他在维纳斯脸上看到的正是美和爱的这个永恒的二位一体,于是最终确信了自己的寻求是正确的。但是,他为这样的寻求已经筋疲力尽,马上就要倒下了。这时候,他一定很盼望女神给他以最后的帮助,却瞥见了女神没有双臂。米罗的维纳斯在出土时就没有了双臂,这似乎是一个象征,表明连神灵也不拥有在人间实现最理想的爱情的那种力量。当此之时,海涅是为自己也为维纳斯痛哭,他哭他对维纳斯的忠诚,也哭维纳斯没有力量帮助他这个忠诚的信徒。

2001.1.

# 行淫的女人

周国平散文

有一天,耶稣在圣殿里讲道,几个企图找把柄陷害他的经学教师和法利赛人带来了一个女人,问他:"这个女人在行淫时被抓到。摩西法律规定,这样的女人应该用石头打死。你认为怎样?"耶稣弯着身子,用指头在地上画字。那几个人不停地问,他便直起身来说:"你们当中谁没有犯过罪,谁就可以先拿石头打她。"说了这话,他又弯下身在地上画字。所有的人都溜走了,最后,只剩下了耶稣和那个女人。这时候,耶稣就站起来,问她:"妇人,他们都哪里去了?没有人留下来定你的罪吗?"

女人说:"先生,没有。"

耶稣便说:"好,我也不定你的罪。去吧,别再犯罪。"

《约翰福音》记载的这个故事使我对耶稣倍生好感,一个智慧、幽默、通晓人性的智者形象跃然眼前。想一想他弯着身子用指头在地上画字的样子,既不看恶意的告状者,也不看可怜的被告,他心里正不知转着怎样愉快的念头呢。他多么轻松地既击败了经学教师和法利赛人陷害他的阴谋,又救了那个女人的性命,而且,更重要的是,还破除了犹太教的一条残酷的法律。

在任何专制体制下,都必然盛行严酷的道德法庭,其职责便是以道德的名义把人性当做罪恶来审判。事实上,用这样的尺度衡量,每个人都是有罪的,至少都是潜在的罪人。可是,也许正因为如此,道德审判反而更能够激起疯狂的热情。据我揣摩,人们的心理可能是这样的:一方面,自己想做而不敢做的事,竟然有人做了,于是嫉妒之情便化装成正义的愤怒猛烈喷发了,当然啦,绝不能让那个得了便宜的人有好下场;另一方面,倘若自己也做了类似的事,那么,坚决向法庭认同,与罪人划清界限,就成了一种自我保护的本能反应,仿佛谴责的调门越高,自己就越是安全。因此,凡道德法庭盛行之处,人与人之间必定充满残酷的斗争,人性必定扭曲,爱必定遭到扼杀。耶稣的聪明在于,他不对这个案例本身做评判,而是给犹太教传统的道德法庭来一个釜底抽薪:既然人人都难免人性的弱点,在这个意义上人人都有罪,那么,也就没有人有权充当判官了。

经由这个故事,我还非常羡慕当时的世风人心。听了耶稣说的话,居然在场的人个个扪心自问,知罪而退,可见天良犹在。换一个时代,譬如说,在我们的"文化大革命"中,会出现什么情景呢?可以断定,耶稣的话音刚落,人们就会立刻争先恐后地用石头打那个女人,以此证明自己的清白,那个女人会立刻死于乱石之下。至于耶稣自己,也一定会顶着淫妇的黑后台和辩护士之罪名,被革命群众提前送上十字架。

2002.1.

# 南极素描

## 一　南极动物素描

企鹅——

像一群孩子,在海边玩过家家。它们模仿大人,有的扮演爸爸,有的扮演妈妈。没想到的是,那扮演妈妈的真的生出了小企鹅。可是,你怎么看,仍然觉得这些妈妈煞有介事带孩子的样子还是在玩过家家。

在南极的动物中,企鹅的知名度和出镜率稳居第一,俨然大明星。不过,那只是人类的炒作,企鹅自己对此浑然不知,依然一副憨态。我不禁想,如果企鹅有知,也摆出人类中那些大小明星的做派,那会是多么可笑的样子?我接着想,人类中那些明星的做派何尝不可笑,只是他们自己认识不到罢了。所以,动物的无知不可笑,可笑的是人的沾沾自喜的小知。人要不可笑,就应当进而达于大知。

贼鸥——

身体像黑色的大鸽子,却长着鹰的尖喙和利眼。人类没来由地把它们命名为贼鸥,它们蒙受了恶名,但并不因此记恨人类,仍然喜欢在人类的居处附近逗留。它们原是这片土地的主人,人类才是入侵者,可是这些入侵者却又断定它们是乞丐,守在这里是为了等候施舍。我当然不会相信这污蔑,因为我常常看见它们在峰巅筑的巢,它们的巢相隔很远,一座峰巅上往往只有一对贼鸥孤独地盘旋和孤独地哺育后代。于是我知道,它们的灵魂也与鹰相似,其中藏着人类梦想不到的骄傲。有一种海鸟因为体形兼有燕和鸥的特征,被命名为燕鸥。遵照此例,我给贼鸥改名为鹰鸥。

黑背鸥——

从头颅到身躯都洁白而圆润,惟有翼背是黑的,因此得名。在海面,它悠然自得地凫水,有天鹅之态。在岩顶,它如雕塑般一动不动,兀立在闲云里,有白鹤之象。在天空,它的一对翅膀时而呈对称的波浪形,优美地扇动;时而呈一字直线,轻盈地滑翔,恰是鸥的本色。我对这种鸟类情有独钟,因为它们安静、洒脱,多姿多态又自然而然。

南极燕鸥——

身体像鸥,却没有鸥的舒展。尾羽像燕,却没有燕的和平。这些灰色的小鸟总是成群结队地在低空飞舞,发出尖利焦躁的叫声,像一群闯入白天的蝙蝠。它们喜欢袭击人类,对路过的人紧追不舍,用喙啄他的头顶,把屎拉在他的衣服上。我对它们的好斗没有异议,让我看不起它们的不是它们的勇敢,而是它们的怯懦,因为它们往往是依仗数量的众多,欺负独行的过路人。

海豹——

常常单独地爬上岸,懒洋洋地躺在海滩上。身体的颜色与石头相似,灰色或黑色,很容易被误认做一块石头。它们对我们这些好奇的入侵者爱答不理,偶尔把尾鳍翘一翘,或者把脑袋转过来瞅一眼,就算是屈尊打招呼了。它们的眼神非常温柔,甚至可以说妩媚。这眼神,这滑溜的身躯和尾鳍,莫非童话里的美人鱼就是它们?

可是,我也见过海豹群居的场面,挤成一堆,肮脏,难看,臭气熏天,像一个猪圈。

那么,独处的海豹是更干净,也更美丽的。

其他动物也是如此。

人也是如此。

海狗——

体态灵活像狗,但是不像狗那样与人类亲近。相反,它们显然对人类怀有戒心,一旦有人接近,就朝岩丛或大海撤退。又名海狼,这个名称也许更适合于它们的自由的天性。不过,它们并不凶猛,从不主动攻击人类。甚至在受到人类攻击的时候,它们也会适度退让。但是,你千万不要以为它们软弱可欺,真把它们惹急了,它们就毫不示弱,会对你穷追不舍。我相信,与人类相比,大多数猛兽是更加遵守自卫原则的。

黑和白——

南极的动物,从鸟类到海豹,身体的颜色基本上由二色组成:黑和白。黑是礁石的颜色,白是冰雪的颜色。南极是一个冰雪和礁石的世界,动物们为了向这个世界输入生命,便也把自己伪装成冰雪和礁石。

## 二 南极景物素描

冰盖——

在一定意义上,可以在南极洲和冰盖之间画等号。南极洲整个就是一块千古不化的巨冰,剩余的陆地少得可怜,可以忽略不计。正是冰盖使得南极洲成了地球上惟一没有土著居民的大陆。

冰盖无疑是南极最奇丽的景观。它横在海面上，边缘如刀切的截面，奶油般洁白，看去像一只冰淇淋蛋糕盛在蓝色的托盘上。而当日出或日落时分，太阳在冰盖顶上燃烧，恰似点燃了一支生日蜡烛。

可是，最美的往往也是最危险的。面对这只美丽的蛋糕，你会变成一个贪嘴的孩子，跃跃欲试要去品尝它的美味。一旦你受了诱惑与它亲近，它就立刻露出可怕的真相，显身为一个布满杀人陷阱的迷阵了。迄今为止，已有许多英雄葬身它的腹中，变成了永久的冰冻标本。

冰山——

伴随着一阵闷雷似的轰隆声，它从冰盖的边缘挣脱出来，犹如一艘巨轮从码头挣脱出来，开始了自己的航行。它的造型常常是富丽堂皇的，像一座漂移的海上宫殿，一艘豪华的游轮。不过，它的乘客不是人类中的达官贵人，而是海洋的宠儿。时而可以看见一只或两只海豹安卧在某一间宽敞的头等舱里，悠然自得，一副帝王气派。与人类的邮轮不同，这种邮轮不会返航，也无意返航。在无目的的航行中，它不断地减小自己的吨位，卸下一些构件扔进大海。最后，伴随着又一阵轰隆声，它爆裂成一堆碎块，渐渐消失在波涛里了。它的结束与它的开始一样精彩，可称善始善终，而这正是造化的一切优秀作品的共同特点。

石头——

在南极的大陆和岛屿上，若要论数量之多，除了冰，就是石头了，它们几乎覆盖了冰盖之外的全部剩余陆地。若要论年龄，南极的石头也比冰年轻得多。冰盖深入到地下一百米至数千米,在许多万年里累积而成,其深埋的部分几乎永远不变,成了研究地球历史的考古资料库。相反,处在地表的石头却始终在风化之中,你在这里可以看到风化的各个环节,从完整的石峰,到或大或小的石块,到锋利的石片,到越来越细小的石屑,最后到亦石亦土的粉末,组成了一个展示风化过程的博物馆。

人们来这里,如果留心寻找色泽美丽的石头,多半会有一点儿收获。但是,我觉得漫山遍野的灰黑色石头更具南极的特征,它们或粗粝,或呈卵形,表面往往有浅色的苔斑,沉甸甸地躺在海滩上或山谷里,诉说着千古荒凉。

苔藓——

在有水的地方,必定有它们。在没有水的地方,往往也有它们。它们比人类更善于判断,何处藏着珍贵的水。它们给这块干旱的土地带来了生机,也带来了色彩。

南极短暂的夏天,气温相当于别处的早春。在最暖和的日子里,积雪融化成许多条水声潺潺的小溪流,把五线谱画满了大地。在这些小溪流之间,一簇簇苔藓迅速滋生,给五线谱填上绿色的音符,谱成了一支南极的春之歌。

在有些幽暗潮湿的山谷里,苔藓的生长极其茂盛。它们成簇或成片,看上去厚实、柔软、有弹性,令人不由得想俯下身去,把脸蛋贴在这丰乳一般的美丽生命上。

地衣——

这些外形像绿铁丝的植物,生命力也像铁丝一样顽强。当然啦,铁丝是没有生命的。我的意思是说,它们几乎像没有生命的东西一样活着,维持生命几乎不需要什么条件。在干旱的大石头和小石片上,没有水分和土壤,却到处有它们的踪影。它们与铁丝还有一个相似之处:据说它们一百年才长高一毫米,因

肖像，李金华摄，1996.

在 Sils-Maria 尼采故居，1998.

此，你根本看不出它们在生长。

海——
不算最小的北冰洋，世界其余三大洋都在一个地方交汇，就是南极。但是，对于南极的海，我就不要妄加猜度了吧。我所见到的只是隶属于南极洲的一个小岛旁边的一小片海域，而且只见到它夏天的样子。在世界任何地方，大海都同样丰富而又单调，美丽而又凶暴。使这里的海的戏剧显得独特的是它的道具，那些冰盖、冰山和雪峰，以及它的演员，那些海豹、海狗和企鹅。

## 三　南极气象素描

日出——
再也没有比极地的太阳脾气更加奇怪的国王了。夏季，他勤勉得几乎不睡觉，回到寝宫匆匆打一个瞌睡，就急急忙忙地赶来上朝。冬季，他又懒惰得索性不起床，接连数月不理朝政，把文武百官撂在无尽的黑暗之中。

现在是南极的夏季，如果想看日出，你也必须像这个季节的极地太阳一样勤勉，半夜就到海边一个合适的地点等候。所谓半夜，只是习惯的说法，其实天始终是亮的。你会发现，和你一起等候的往往还有最忠实的岛民——企鹅，它们早已站在海边翘首盼望着了。

日出前那一刻的天空是最美的，仿佛一位美女预感到情郎的到来，脸颊上透出越来越鲜亮的红晕。可是，她的情郎——那极昼的太阳——精力实在是太旺盛了，刚刚从大海后或者冰盖后跃起，他的光亮已经强烈得使你不能直视了。那么，你就赶快掉转头去看海面上的壮观吧，礁石和波浪的一侧边缘都被旭日照亮，大海点燃了千万支蜡烛，在向早朝的国王致敬。而岸上的企鹅,这时都面向朝阳,胸脯的白羽毛镀了金一般鲜亮,一个个仿佛都穿上了金围裙。

**月亮——**

因为夜晚的短暂和晴天的稀少,月亮不能不是稀客。因为是稀客,一旦光临,就给人们带来了意外的惊喜。

她是害羞的,来时只是一个淡淡的影子,如同婢女一样不引人注意。直到太阳把余晖收尽,天色暗了下来,她才显身为光彩照人的美丽的公主。

可是,她是一个多么孤单的公主啊,我在夜空未尝找到过一颗星星,那众多曾经向她挤眉弄眼的追求者都上哪里去了?

**云——**

天空是一张大画布,南极多变的天气是一个才气横溢但缺乏耐心的画家,一边在这画布上涂抹着,一边不停地改变主意。于是,我们一会儿看到淡彩的白云,一会儿看到浓彩的锦霞,一会儿看到大泼墨的黑云。更多的时候,我们看到的是涂抹得不留空白的漫天乌云。而有的时候,我们什么也看不到了,天空已经消失在雨雪之雾里,这个烦躁的画家把整块画布都浸在洗笔的浑水里了。

**风——**

风是南极洲的真正主宰,它在巨大冰盖中央的制高点上扎下大本营,频频从那里出动,到各处领地巡视。它所到之处,真个是地动山摇,石颤天哭。它的意志不可违抗,大海遵照它的命令掀起巨浪,雨雪依仗它的威势横扫大地。

不过,我幸灾乐祸地想,这个暴君毕竟是寂寞的,它的领地太荒凉了,连一棵小草也不长,更没有擎天大树可以让它连根拔起,一展雄风。

在南极,不管来自东南西北什么方向,都只是这一种风。春风、和风、暖风等等是南极所不知道的概念。

雪——

风从冰盖中央的白色帐幕出动时,常常携带着雪。它把雪揉成雪沙,雪尘,雪粉,雪雾,朝水平方向劲吹,像是它喷出的白色气息。在风停歇的晴朗日子里,偶尔也飘扬过贺年卡上的那种美丽的雪花,你会觉得那是外邦的神偷偷送来的一件意外的礼物。

不错,现在是南极的夏季,气候转暖,你分明看见山峰和陆地上的积雪融化了。可是,不久你就会知道,融化始终是短暂的,山峰和陆地一次又一次重新变白,雪才是南极的本色。

暴风雪——

一头巨大的白色猛兽突然醒来了,在屋外不停地咆哮着和奔突着。一开始,出于好奇,我们跑到屋外,对着它举起了摄影器材,而它立刻就朝镜头猛扑过来。现在,我们宁愿紧闭门窗,等待着它重新入睡。

天气——

一个身怀绝技的魔术师,它真的能在片刻之间把万里晴空变成满天乌云,把灿烂阳光变成弥漫风雪。

极昼——

在一个慢性子的白昼后面,紧跟着一个急性子的白昼,就把留给黑夜的位置挤掉了。于是,我们不得不分别截取这两个白昼的一尾一首,拼接出一段睡眠的时间来。

*极夜——*

我对极夜没有体验。不过,我相信,在那样的日子里,每个人的心里一定都回响着上帝在创世第一天发出的命令:"要有光!"

2000.12.—2001.2.

# 读鲁迅的不同眼光

我第一次通读鲁迅的作品，是在"文化大革命"开始不久的1967年。那时候，我的好友郭世英因为被学校里的"造反派"当做"专政"的对象，受到孤立和经常的骚扰，精神上十分苦闷，便有一位朋友建议他做一件可以排遣苦闷的事——编辑鲁迅语录。郭世英欣然从命，并且拉我一起来做。在几个月的时间里，我们兴致勃勃地投入了这项工作，其步骤是各人先通读全集，抄录卡片，然后两人对初选内容展开讨论，进行取舍和分类。我们的态度都很认真，在前海西街的那个深院里，常常响起我们愉快而激烈的争吵声。我们使用的全集是他父亲的藏书，上面有郭沫若阅读时画的记号。有时候，郭世英会指着画了记号的某处笑着说："瞧，尽挑毛病。"他还常对我说起一些掌故，其中之一是，他听父亲说，鲁迅那首著名的《自题小像》的主题并非通常所解释的爱国，而是写鲁迅和周作人同时爱上一个日本女子这件事的。当然，在当时的政治环境里，这些话只能私下说说，传出去是会惹祸的。

鲁迅在中国大陆的命运十分奇特。由于毛泽东的推崇，他成了不容置疑的旗帜和圣人。在"文革"初期，民间盛行编辑语录，除了革命领袖之外，也只有鲁迅享有被编的资格了。当时社会上流传的鲁迅语录有好多种，一律突出"革命"主题，被用做批"走资派"和打派仗的武器。与它们相比，我和郭世英编的不但内容丰富得多，而且视角也是超脱的。可惜的是，最后它不仅没有出版，而且那厚厚的一摞稿子也不知去向了。

现在我重提往事，不止是出于怀旧，而是想说明一个事实：即使我们这些当时被看作不"革命"的学生，也是喜欢鲁迅的。在大学一年级时，我曾问郭世英最喜欢哪个中国现代作家，郭沫若的这个儿子毫不犹豫地回答："鲁迅。"可是，正是因为大学一年级时的思想表现，他被判做按照"内部矛盾"处理的"反动"学生，并因此在"文革"中被"造反派"整死，时在编辑鲁迅语录一年之后。郭世英最喜欢的外国作家是尼采和陀思妥耶夫斯基，而我们知道，鲁迅也是极喜欢这两人的。由于受到另一种熏陶，我们读鲁迅也就有了另一种眼光。在我们的心目中，鲁迅不止是一个嫉恶如仇的社会斗士，更是一个洞察人生之真实困境的精神先知。后来我对尼采有了更多的了解，也就更能体会鲁迅喜欢他的原因了。虚无及对虚无的反抗，孤独及孤独中的充实，正是这两位巨人的最深邃的相通之处。

近一二十年来，对于鲁迅的解读渐渐丰富起来，他的精神的更深层面越来越被注意到了。鲁迅不再是中国现代文学史上的"惟一者"，他从宝座上走下来，开始享受到作为一个真正的伟人应有的权利，那就是不断被重新解释。而这意味着，没有人拥有做出惟一解释的特权。我当然相信，鲁迅若地下有知，他一定会满意这样的变化的，因为他将因此而获得更多的真知音，并摆脱掉至今尚未绝迹的那些借他的名字唬人的假勇士。

2001.8.

# 丰富的安静

我发现,世界越来越喧闹,而我的日子越来越安静了。我喜欢过安静的日子。

当然,安静不是静止,不是封闭,如井中的死水。曾经有一个时代,广大的世界对于我们只是一个无法证实的传说,我们每一个人都被锁定在一个狭小的角落里,如同螺丝钉被拧在一个不变的位置上。那时候,我刚离开学校,被分配到一个边远山区,生活平静而又单调。日子仿佛停止了,不像是一条河,更像是一口井。

后来,时代突然改变,人们的日子如同解冻的江河,又在阳光下的大地上纵横交错了。我也像是一条积压了太多能量的河,生命的浪潮在我的河床里奔腾起伏,把我的成年岁月变成了一道动荡不宁的急流。

而现在,我又重归于平静了。不过,这是跌荡之后的平静。在经历了许多冲撞和曲折之后,我的生命之河仿佛终于来到一处开阔的谷地,汇蓄成了一片浩森的湖泊。我曾经流连于阿尔卑斯山麓的湖畔,看雪山、白云和森林的倒影伸展在蔚蓝的神秘之中。我知道,湖中的水仍在流转,是湖的深邃才使得湖面寂静如镜。

我的日子真的很安静。每天,我在家里读书和写作,外面各种热闹的圈子和聚会都和我无关。我和妻子女儿一起品尝着普通的人间亲情,外面各种寻欢作乐的场所和玩意儿也都和我无关。我对这样过日子很满意,因为我的心境也是安静的。

也许,每一个人在生命中的某个阶段是需要某种热闹的。那时候,饱涨的生命力需要向外奔突,去为自己寻找一条河道,确定一个流向。但是,一个人不能永远停留在这个阶段。托尔斯泰如此自述:"随着年岁增长,我的生命越来越精神化了。"人们或许会把这解释为衰老的征兆,但是,我清楚地知道,即使在老年时,托尔斯泰也比所有的同龄人,甚至比许多年轻人更充满生命力。毋宁说,惟有强大的生命才能逐步朝精神化的方向发展。

现在我觉得,人生最好的境界是丰富的安静。安静,是因为摆脱了外界虚名浮利的诱惑。丰富,是因为拥有了内在精神世界的宝藏。泰戈尔曾说:外在世界的运动无穷无尽,证明了其中没有我们可以达到的目标,目标只能在别处,即在精神的内在世界里。"在那里,我们最为深切地渴望的,乃是在成就之上的安宁。在那里,我们遇见我们的上帝。"他接着说明:"上帝就是灵魂里永远在休息的情爱。"他所说的"情爱"应是广义的,指创造的成就、精神的富有、博大的爱心,而这一切都超越于俗世的争斗,处在永久和平之中。这种境界,正是丰富的安静之极致。

我并不完全排斥热闹,热闹也可以是有内容的。但是,热闹总归是外部活动的特征,而任何外部活动倘若没有一种精神追求为其动力,没有一种精神价值为其目标,那么,不管表面上多么轰轰烈烈、有声有色,本质上必定是贫乏和空虚的。我对一切太喧嚣的事业和一切太张扬的感情都心存怀疑,它们总是使我想起莎士比亚对生命的嘲讽:"充满了声音和狂热,里面空无一物。"

2002.6.

# 城市的个性和颜色

城市的颜色——这个题目是对想象力的一个诱惑。如果我是一个中学生,也许我会调动我的全部温情和幻想,给我所生活的城市涂上一种诗意的颜色。可是,我毕竟离那个年龄太远了。

十七岁的法国诗人兰波,年纪够轻了吧,而且对颜色极其敏感,居然能分辨出法语中五个元音有五种不同的颜色。然而,就在那个年龄,他却看不出巴黎的颜色,所看见的只是:"所有的情趣都躲进了室内装潢和室外装饰","数百万人并不需要相认,他们受着同样的教育,从事同样的职业,也同样衰老。"那是一个多世纪以前的巴黎,那时巴黎已是世界艺术之都了,但这个早熟的孩子仍嫌巴黎没有个性。我到过今日的巴黎,在我这个俗人眼里,巴黎的个性足以登上世界大都市之榜首。不过,我认为兰波的标准是正确的:城市的颜色在于城市的个性,城市没有个性,颜色就无从谈起。

我们来到一个城市,感官首先接触的是那里的建筑和环境。某些自然环境的色彩是鲜明的,例如海洋的蓝,森林的绿,沙漠的黄;或者,热带的红,寒带的白。但是,如果用这些自然环境特征代表城市的颜色,仍不免雷同,比如说,世界上有许多城市濒海,它们就都可以称作蓝色城市了。城市的个性更多地体现在建筑的个性上,当然,建筑的个性不限于建筑的风格,其中还凝聚着一个城市的历史、传统和风俗,因而是独特的人文环境的物化形式。这就不得不说到城市保护的老话题了。

我出生在上海，童年是在城隍庙附近的老城区度过的。在二十世纪前半叶，上海成为中国最西化的都市，一块块租界内兴建了成片的高楼大厦和小洋房。可是，老城区仍保留了下来。低矮的木结构房屋，狭小的天井，没有大马路，只有纵横交错的一条条铺着蜡黄色大鹅卵石的窄巷，这一切会使你觉得不像在大上海，而像在某个江南小镇。你可以说那里是上海的贫民区，但一个开埠以前的上海可能就保藏在那里。现在，在全上海，再也找不到哪怕一条铺着蜡黄色大鹅卵石的老街了。外滩和旧租界的洋楼当然是舍不得拆的，所以，在日新月异的上海新面孔上，人们毕竟还能读出它的殖民地历史。

　　上世纪六十年代，我在北京上大学。那时候，城墙已经残破，但所有的城门还在，城里的民居基本上是胡同和四合院。在我的印象里，当年的北京城是秋风落叶下一大片肃穆的青灰色，环抱着中心紫禁城的金黄色琉璃瓦和暗红色宫墙。现在，城墙已经荡然无存，城门也所剩无几，大多数城门成了一个抽象的地名，取而代之的是气势吓人的立交桥。与此相伴随的是，胡同和四合院正在迅速消失。紫禁城虽然安然无恙，但失去了和谐的衬托，在新式高楼的密林里成了一个孤立的存在。

　　我不是在怀旧，也丝毫不反对城市的发展。我想说的是，一个城市无论怎样繁华，都不能丢失自己的个性。在今日的西方发达国家，维护城市的历史风貌不但已成共识，而且已成法律。凡是历史悠久的街道和房屋，那里的居民尽可以在自己的屋子里实现现代化，但绝不允许对外观做一丝一毫改变。事实证明，只要合理规划，新城区的扩展与老建筑的保护完全可以并行不悖，相映成趣。城市的颜色——这是一个有趣的想象力游戏。我相信，即使同一个有鲜明特色的城市，不同的人对它的颜色也一定会有不同的判断，在其中交织进了自己的经历、性格和心情。但是，前提是这个城市有个性。如果千城一面，都是环城公路、豪华商场、立交桥、酒吧街，都是兰波说的室内装潢和室外装饰，游戏就玩不下去了。

巴黎的一个普通黄昏，我和一位朋友沿着塞纳河散步，信步走到河面的一座桥上。这座桥叫艺术桥，和塞纳河上的其他许多桥一样古老，兰波一定在上面行走过。桥面用原色的木板铺成，两边是绿色的铁栏杆。我们靠着栏杆，席地而坐，背后波光闪烁，暮霭中屹立着巴黎圣母院的巨大身影。桥的南端通往著名的法兰西学院。朋友翻看着刚刚买回的画册，突然高兴地指给我看毕沙罗的一幅风景画，画的正是从我们这个位置看到的北岸的景物。在我们近旁，一个姑娘也席地而坐，正在画素描。在我们面前，几个年轻人坐在木条凳上，自得其乐地敲着手鼓。一个姑娘走来，驻足静听良久，上前亲吻那个束着长发的男鼓手，然后平静地离去。又有两个姑娘走来，也和那个鼓手亲吻。这一切似乎很平常，而那个鼓手敲得的确好。倘若当时有人问我，巴黎是什么颜色，我未必能答出来，但是我知道，巴黎是有颜色的，一种非常美丽的颜色。

2002.11.

# 经典和我们

我的读书旨趣,第一是把人文经典当做主要读物,第二是用轻松的方式来阅读。

读什么书,取决于为什么读。人之所以读书,无非有三种目的。一是为了实际的用途,例如因为职业的需要而读专业书籍,因为日常生活的需要而读实用知识。二是为了消遣,用读书来消磨时光,可供选择的有各种无用而有趣的读物。三是为了获得精神上的启迪和享受,如果是出于这个目的,我觉得读人文经典是最佳选择。

人类历史上产生了那样一些著作,它们直接关注和思考人类精神生活的重大问题,因而是人文性质的,同时其影响得到了许多世代的公认,已成为全人类共同的财富,因而又是经典性质的。我们把这些著作称作人文经典。在人类精神探索的道路上,人文经典构成了一种伟大的传统,任何一个走在这条路上的人都无法忽视其存在。

认真地说,并不是随便读点什么都能算是阅读的。譬如说,我不认为背功课或者读时尚杂志是阅读。真正的阅读必须有灵魂的参与,它是一个人的灵魂在一个借文字符号构筑的精神世界里的漫游,是在这漫游途中的自我发现和自我成长,因而是一种个人化的精神行为。什么样的书最适合于这样的精神漫游呢?当然是经典,只要我们翻开它们,便会发现里面藏着一个个既独特又完整的精神世界。

一个人如果并无精神上的需要，读什么倒是无所谓的，否则就必须慎于选择。也许没有一个时代拥有像今天这样多的出版物，然而，很可能今天的人们比以往任何时候都阅读得少。在这样的时代，一个人尤其必须懂得拒绝和排除，才能够进入真正的阅读。这是我主张坚决不读二三流乃至不入流读物的理由。

　　图书市场上有一件怪事，别的商品基本上是按质论价，惟有图书不是。同样厚薄的书，不管里面装的是垃圾还是金子，价钱都差不多。更怪的事情是，人们宁愿把可以买回金子的钱用来买垃圾。至于把宝贵的生命耗费在垃圾上还是金子上，其间的得失就完全不是钱可以衡量的了。

　　古往今来，书籍无数，没有人能够单凭一己之力从中筛选出最好的作品来。幸亏我们有时间这位批评家，虽然它也未必绝对智慧和公正，但很可能是一切批评家中最智慧和最公正的一位，多么独立思考的读者也不妨听一听它的建议。所谓经典，就是时间这位批评家向我们提供的建议。

　　对经典也可以有不同的读法。一个学者可以把经典当做学术研究的对象，对某部经典或某位经典作家的全部著作下考证和诠释的功夫，从思想史、文化史、学科史的角度进行分析。这是学者的读法。但是，如果一部经典只有这一种读法，我就要怀疑它作为经典的资格，就像一个学者只会用这一种读法读经典，我就要断定他不具备大学者的资格一样。惟有今天仍然活着的经典才配叫做经典，它们不但属于历史，而且超越历史，仿佛有一颗不死的灵魂在其中永存。正因为如此，在阅读它们时，不同时代的个人都可能感受到一种灵魂觉醒的惊喜。在这个意义上，经典属于每一个人。

　　作为普通人，我们如何读经典？我的经验是，无论《论语》还是《圣经》，无论柏拉图还是康德，不妨就当做闲书来读。也就是说，阅读的心态和方式都应该是轻松的。千万不要端起做学问的架子,刻意求解。读不懂不要硬读,先读那些读得懂的、能够引起自己兴趣的著作和章节。这里有一个浸染和熏陶的过程,所谓人文修养就是这样熏染出来的。在不实用而有趣这一点上,读经典的确很像是一种消遣。事实上,许多心智活泼的人正是把这当做最好的消遣的。能否从阅读经典中感受到精神的极大愉悦,这差不多是对心智品质的一种检验。不过,也请记住,经典虽然属于每一个人,但永远不属于大众。我的意思是说,读经典的轻松绝对不同于读大众时尚读物的那种轻松。每一个人只能作为有灵魂的个人,而不是作为无个性的大众,才能走到经典中去。如果有一天你也陶醉于阅读经典这种美妙的消遣,你就会发现,你已经距离一切大众娱乐性质的消遣多么遥远。

经典是人类精神财富的一个宝库,它就在我们身旁,其中的财富属于我们每一个人。阅读经典,就是享用这笔宝贵的财富。凡是领略过此种享受的人都一定会同意,倘若一个人活了一生一世,从未踏进这个宝库,那是遭受了多么巨大的损失啊!

2003.2.

# 生命中不能错过什么

——《绿山墙的安妮》中译本序

安妮是一个十一岁的孤儿,一头红发,满脸雀斑,整天耽于幻想,不断闯些小祸。假如允许你收养一个孩子,你会选择她吗?大概不会。马修和玛莉拉是一对上了年纪的独身兄妹,他们也不想收养安妮,只是因为误会,收养成了令人遗憾的既成事实。故事就从这里开始,安妮住进了美丽僻静村庄中这个叫做绿山墙的农舍,她的一言一行都将经受老处女玛莉拉的刻板挑剔眼光——以及村民们的保守务实眼光的检验,形势对她十分不利。然而,随着故事进展,我们看到,安妮的生命热情融化了一切敌意的坚冰,给绿山墙和整个村庄带来了欢快的春意。作为读者,我们也和小说中所有人一样不由自主地喜欢上了她。正如当年马克·吐温所评论的,加拿大女作家莫德·蒙格玛丽塑造的这个人物不愧是"继不朽的艾丽丝之后最令人感动和喜爱的儿童形象"。

在安妮身上,最令人喜爱的是那种富有灵气的生命活力。她的生命力如此健康蓬勃,到处绽开爱和梦想的花朵,几乎到了奢侈的地步。安妮拥有两种极其宝贵的财富。一是对生活的惊奇感,二是充满乐观精神的想象力。对于她来说,每一天都有新的盼望,新的惊喜。她不怕盼望落空,因为她已经从盼望中享受了一半的喜悦。她生活在用想象力创造的美丽世界中,看见五月花;她觉得自己身在天堂,看见了去年枯萎的花朵的灵魂。请不要说安妮虚无缥缈,她的梦想之花确确实实结出了果实,使她周围的人在和从前一样的现实生活中品尝到了从前未曾发现的甜美滋味。

我们不但喜爱安妮,而且被她深深感动,因为她那样善良。不过,她的善良不是来自某种道德命令,而是源自天性的纯净。她的生命是一条虽然激荡却依然澄澈的溪流,仿佛直接从源头涌出,既积蓄了很大的能量,又尚未受到任何污染。安妮的善良实际上是一种感恩,是因为拥有生命、享受生命而产生的对生命的感激之情。怀着这种感激之情,她就善待一切帮助过她乃至伤害过她的人,也善待大自然中的一草一木。和怜悯、仁慈、修养相比,这种善良是一种更为本真的善良,而且也是更加令自己和别人愉快的。

所以,我认为,这本书虽然是近一百年前问世的,今天仍然很值得我们一读。作为儿童文学的一部经典之作,今天的孩子们一定还能够领会它的魅力,与可爱的主人公发生共鸣,孩子们比我聪明,无须我多言。我想特别说一下的是,今天的成人们也应当能够从中获得教益。在我看来,教益有二。一是促使我们反省对孩子的教育。我们该知道,就天性的健康和纯净而言,每个孩子身上都藏着一个安妮,我们千万不要再用种种功利的算计去毁坏他们的健康,污染他们的纯净,扼杀他们身上的安妮了。二是促使我们反省自己的人生。在今日这个崇拜财富的时代,我们该自问,我们是否丢失了那些最重要的财富,例如对生活的惊奇感,使生活焕发诗意的想象力,源自感激生命的善良等等。安妮曾经向从来不想象和现实不同的事情的人惊呼:"你错过了多少东西!"我们也该自问:我们错过了多少比金钱、豪宅、地位、名声更宝贵的东西?

2003.4.

和女儿在巴黎，1999.

在南极，2000.

# 走进一座圣殿

一

那个用头脑思考的人是智者,那个用心灵思考的人是诗人,那个用行动思考的人是圣徒。倘若一个人同时用头脑、心灵、行动思考,他很可能是一位先知。

在我的心目中,圣埃克苏佩里就是这样一位先知式的作家。

圣埃克苏佩里一生只做了两件事——飞行和写作。飞行是他的行动,也是他进行思考的方式。在那个世界航空业起步不久的年代,他一次次飞行在数千米的高空,体味着危险和死亡,宇宙的美丽和大地的牵挂,生命的渺小和人的伟大。高空中的思考具有奇特的张力,既是性命攸关的投入,又是空灵的超脱。他把他的思考写进了他的作品,但生前发表的数量不多。他好像有点儿吝啬,要把最饱满的果实留给自己,留给身后出版的一本书,照他的说法,他的其他著作与它相比只是习作而已。然而他未能完成这本书,在他最后一次驾机神秘地消失在海洋上空以后,人们在他留下的一只皮包里发现了这本书的草稿,书名叫《要塞》。

经由马振骋先生从全本中摘取和翻译,这本书的轮廓第一次呈现在了我们面前。我是怀着虔敬之心读完它的,仿佛在读一个特殊版本的《圣经》。在圣埃克苏佩里生前,他的亲密女友

B夫人读了部分手稿后告诉他："你的口气有点儿像基督。"这也是我的感觉,但我觉得我能理解为何如此。圣埃克苏佩里写这本书的时候,他心中已经有了真理,这真理是他用一生的行动和思考换来的,他的生命已经转变成这真理。一个人用一生一世的时间见证和践行了某个基本真理,当他在无人处向一切人说出它时,他的口气就会像基督。他说出的话有着异乎寻常的重量,不管我们是否理解它或喜欢它,都不能不感觉到这重量。这正是箴言与隽语的区别。前者使我们感到沉重,逼迫我们停留和面对;而在读到后者时,我们往往带着轻松的心情会心一笑,然后继续前行。

　　如果把《圣经》看作惟一的最高真理的象征,那么,《圣经》的确是有许多不同的版本的,在每一思考最高真理的人那里就有一个属于他的特殊版本。在此意义上,《要塞》就是圣埃克苏佩里版的《圣经》。圣埃克苏佩里自己说:"上帝是你的语言的意义。你的语言若有意义,便向你显示上帝。"我完全相信,在写这本书时,他看到了上帝。在读这本书时,他的上帝又会向每一个虔诚的读者显示,因为也正如他所说:"一个人在寻找上帝,就是在为人人寻找上帝。"圣埃克苏佩里喜欢用石头和神殿作譬:石头是材料,神殿才是意义。我们能够感到,这本书中的语词真有石头一样沉甸甸的分量,而他用这些石头建筑的神殿确实闪放着意义的光辉。现在让我们走进这一座神殿,去认识一下他的上帝亦即他见证的基本真理。

<h2 style="text-align:center">二</h2>

　　沙漠中有一个柏柏尔部落,已经去世的酋长曾经给予王子许多英明的教诲,全书就借托这位王子之口宣说人生的真理。当然,那宣说者其实是圣埃克苏佩里自己,但是,站在现代的文

明人面前,他一定感到自己就是那支游牧部落的最后的后裔,在宣说一种古老的即将失传的真理。

全部真理围绕着一个中心问题:生命的意义是什么?因为,人必须区别重要和紧急,生存是紧急的事,但领悟神意是更重要的事。因为,人应该得到幸福,但更重要的是这得到了幸福的是什么样的人。

沙漠和要塞是书中的两个主要意象。沙漠是无边的荒凉,游牧部落在沙漠上建筑要塞,在要塞的围墙之内展开了自己的生活。在宇宙的沙漠中,我们人类不正是这样一个游牧部落?为了生活,我们必须建筑要塞。没有要塞,就没有生活,只有沙漠。不要去追究要塞之外那无尽的黑暗。"我禁止有人提问题,深知不存在可能解渴的回答。那个提问题的人,只是在寻找深渊。"明白这一真理的人不再刨根问底,把心也放在围墙之内,爱那嫩芽萌生的清香、母羊剪毛时的气息、怀孕或喂奶的女人、传种的牲畜、周而复始的季节,把这一切看作自己的真理。

换一个比喻来说,生活像汪洋大海里的一只船,人是船上的居民,把船当成了自己的家。人以为有家居住是天经地义的,再也看不见海,或者虽然看见,仅把海看作船的装饰。对人来说,盲目凶险的大海仿佛只是用于航船的。这不对吗?当然对,否则人如何能生活下去。

那个远离家乡的旅人,占据他心头的不是眼前的景物,而是他看不见的远方的妻子儿女。那个在黑夜里乱跑的女人,"我在她身边放上炉子、水壶、金黄铜盘,就像一道道边境线",于是她安静下来了。那个犯了罪的少妇,她被脱光衣服,拴在沙漠中的一根木桩上,在烈日下奄奄待毙。她举起双臂在呼叫什么?不,她不是在诉说痛苦和害怕,"那些是厩棚里普通牲畜得的病。她发现的是真理。"在无疆的黑夜里,她呼唤的是家里的夜灯、安身的房间、关上的门。"她暴露在无垠中无物可以依傍,哀求大家还给她那些生活的支柱:那团要梳理的羊毛,那只要洗涤的盆儿,这一个,而不是别个,要哄着入睡的孩子。她向着家的永恒呼叫,全村都掠过同样的晚间祈祷。"

我们在大地上扎根,靠的是日常生活中的牵挂、责任和爱。在平时,这一切使我们忘记死亡。在死亡来临时,对这一切的眷恋又把我们的注意力从死亡移开,从而使我们超越死亡的恐惧。

人跟要塞很相像,必须限制自己,才能找到生活的意义。"人打破围墙要自由自在,他也就只剩下了一堆暴露在星光下的断垣残壁。这时开始无处存身的忧患。""没有立足点的自由不是自由。"那些没有立足点的人,他们哪儿都不在,竟因此自以为是自由的。在今天,这样的人岂不仍然太多了?没有自己的信念,他们称之为思想自由。没有自己的立场,他们称之为行动自由。没有自己的女人,他们称之为爱情自由。可是,真正的自由始终是以选择和限制为前提的,爱上这朵花,也就是拒绝别的花。一个人即使爱一切存在,仍必须为他的爱找到确定的目标,然后他的博爱之心才可能得到满足。

三

生命的意义在最平凡的日常生活之中,但这不等于说,凡是过着这种生活的人都找到了生命的意义。圣埃克苏佩里用譬喻向我们讲述这个道理。定居在绿洲中的那些人习惯了安居乐业的日子,他们的感觉已经麻痹,不知道这就是幸福。他们的女人蹲在溪流里圆而白的小石子上洗衣服,以为是在完成一桩家家如此的苦活。王子命令他的部落去攻打绿洲,把女人们娶为己有。他告诉部下:必须千辛万苦在沙漠中追风逐日,心中怀着绿洲的宗教,才会懂得看着自己的女人在河边洗衣其实是在庆祝一个节日。

我相信这是圣埃克苏佩里最切身的感触,当他在高空出生入死时,地面上的平凡生活就会成为他心中的宗教,而身在其中的人的麻木不仁在他眼中就会成为一种亵渎。人不该向要塞外无边的沙漠追究意义,但是,"受威胁是事物品质的一个条件",要领悟要塞内生活的意义,人就必须经历过沙漠。

日常生活到处大同小异,区别在于人的灵魂。人拥有了财产,并不等于就拥有了家园。家园不是这些绵羊、田野、房屋、山岭,而是把这一切联结起来的那个东西。那个东西除了是在寻找和感受着意义的人的灵魂,还能是什么呢?"对人惟一重要的是事物的意义。"不过,意义不在事物之中,而在人与事物的关系之中,这种关系把单个的事物组织成了一个对人有意义的整体。意义把人融入一个神奇的网络,使他比他自己更宽阔。于是,麦田、房屋、羊群不再仅仅是可以折算成金钱的东西,在它们之中凝结着人的岁月、希望和信心。

"精神只住在一个祖国,那就是万物的意义。"这是一个无形的祖国,肉眼只能看见万物,领会意义必须靠心灵。上帝隐身不见,为的是让人睁开心灵的眼睛,睁开心灵眼睛的人会看见他无处不在。母亲哺乳时在婴儿的吮吸中,丈夫归家时在妻子的笑容中,水手航行时在日出的霞光中,看到的都是上帝。

那个心中已不存在帝国的人说:"我从前的热忱是愚蠢的。"他说的是真话,因为现在他没有了热忱,于是只看到零星的羊、房屋和山岭。心中的形象死去了,意义也随之消散。不过人在这时候并不觉得难受,与平庸妥协往往是在不知不觉中完成的。心爱的人离你而去,你一定会痛苦。爱的激情离你而去,你却丝毫不感到痛苦,因为你的死去的心已经没有了感觉痛苦的能力。

有一个人因为爱泉水的歌声,就把泉水灌进瓦罐,藏在柜子里。我们常常和这个人一样傻。我们把女人关在屋子里,便以为占有了她的美。我们把事物据为己有,便以为占有了它的意义。可是,意义是不可占有的,一旦你试图占有,它就不在了。那个凯旋的战士守着他的战利品,一个正裸身熟睡的女俘,面对她的美丽只能徒唤奈何。他捕获了这个女人,却无法把她的美捕捉到手中。无论我们和一个女人多么亲近,她的美始终在我们之外。不是在占有中,而是在男人的欣赏和倾倒中,女人的美便有了意义。我想起了海涅,他终生没有娶到一个美女,但他把许多女人的美变成了他的诗,因而也变成了他和人类的财富。

## 四

所以,意义本不是事物中现成的东西,而是人的投入。要获得意义,也就不能靠对事物的占有,而要靠爱和创造。农民从麦子中取走滋养他们身体的营养,他们向麦子奉献的东西才丰富了他们的心灵。

"那个走向井边的人,口渴了,自己拉动吱吱咯咯的铁链,把沉重的桶提到井栏上,这样听到水的歌声以及一切尖利的乐曲。他口渴了,使他的行走、他的双臂、他的眼睛也都充满了意义,口渴的人朝井走去,就像一首诗。"而那些从杯子里喝现成的水的人却听不到水的歌声。坐滑竿——今天是坐缆车——上山的人,再美丽的山对于他也只是一个概念,并不具备实质。"当我说到山,意思是指让你被荆棘刺伤过,从悬崖跌下过,搬动石头流过汗,采过上面的花,最后在山顶迎着狂风呼吸过的山。"如果不用上自己的身心,一切都没有意义。贪图舒适的人,实际上是在放弃意义。

你心疼你的女人,让她摆脱日常家务,请保姆代劳一切,结果家对她就渐渐失去了意义。"要使女人成为一首赞歌,就要给她创造黎明时需要重建的家。"为了使家成为家,需要投入时间。现在人们舍不得把时间花在家中琐事上,早出晚归,在外面奋斗和享受,家就成了一个旅舍。

爱是耐心,是等待意义在时间中慢慢生成。母爱是从一天天的喂奶中来的。感叹孩子长得快的都是外人,父母很少会这样感觉。你每天观察院子里的那棵树,它就渐渐在你的心中扎根。有一个人猎到一头小沙狐,便精心喂养它,可是后来它逃回了沙漠。那人为此伤心,别人劝他再捉一头,他回答:"捕捉不难,难的是爱,太需要耐心了。"

是啊,人们说爱,总是提出种种条件,埋怨遇不到符合这些条件的值得爱的对象。也许有一天遇到了,但爱仍未出现。那一个城市非常美,我在那里旅游时曾心旷神怡,但离开后并没有梦魂牵绕。那一个女人非常美,我邂逅她时几乎一见钟情,但错过了并没有日思夜想。人们举着条件去找爱,但爱并不存在于各种条件的哪怕最完美的组合之中。爱不是对象,爱是关系,是你在对象身上付出的时间和心血。你培育的园林没有皇家花园美,但你爱的是你的园林而不是皇家花园。你相濡以沫的女人没有女明星美,但你爱的是你的女人而不是女明星。也许你愿意用你的园林换皇家花园,用你的女人换女明星,但那时候支配你的不是爱,而是欲望。

爱的投入必须全心全意,如同自愿履行一项不可推卸的职责。"职责是连接事物的神圣纽结,除非在你看来是绝对的需要,而不是游戏,你才能建成你的帝国、神庙或家园。"就像掷骰子,如果不牵涉你的财产,你就不会动心。你玩的不是那几颗小小的骰子,而是你的羊群和金银财宝。在玩沙堆的孩子眼里,沙堆也不是沙堆,而是要塞、山岭或船只。只有你愿意为之而死的东西,你才能够借之而生。

## 五

　　当你把爱投入到一个对象上面,你就是在创造。创造是"用生命去交换比生命更长久的东西"。这样诞生了画家、雕塑家、手工艺人等等,他们工作一生是为了创造自己用不上的财富。没有人在乎自己用得上用不上,生命的意义反倒是寄托在那用不上的财富上。那个瞎眼、独腿、口齿不清的老人,一说到他用生命交换的东西,就立刻思路清晰。突然发生了地震,人们害怕的不是死亡,而是自己的作品的毁灭,那也许是一只亲手制造的银壶,一条亲手编结的毛毯,或一篇亲口传唱的史诗。生命的终结诚然可哀,但最令人绝望的是那本应比生命更长久的东西竟然也同归于尽。

　　文化与工作是不可分的。那种只会把别人的创造放在自己货架上的人是未开化人,哪怕这些东西精美绝伦,他们又是鉴赏的行家。文化不是一件谁的身上都能披的斗篷。对于一切创造者来说,文化只是完成自己的工作,以及工作中的艰辛和欢乐。每个人生活中最重要的部分是自己所热爱的那项工作,他借此而进入世界,在世上立足。有了这项他能够全身心投入的工作,他的生活就有了一个核心,他的全部生活围绕这个核心组织成了一个整体。没有这个核心的人,他的生活是碎片,譬如说,会分裂成两个都令人不快的部分,一部分是折磨人的劳作,另一部分是无所用心的休闲。

　　顺便说一说所谓"休闲文化"。一个醉心于自己的工作的人,他不会向休闲要求文化。对他来说,休闲仅是工作之后的休整。"休闲文化"大约只对两种人有意义,一种是辛苦劳作但从中体会不到快乐的人,另一种是没有工作要做的人,他们都需要用某种特别的或时髦的休闲方式来证明自己也有文化。我不反对一个人兴趣的多样性，但前提是有自己热爱的主要工作，惟有如此，当他进入别的领域时，才可能添入自己的一份意趣，而不只是凑热闹。

创造会有成败，这不重要，重要的是保持创造的热忱。有了这样的热忱，无论成败都是在为创造做贡献。还是让圣埃克苏佩里自己来说，他说得太精彩："创造，也可以指舞蹈中跳错的那一步，石头上凿坏的那一凿子。动作的成功与否不是主要的。这种努力在你看来是徒劳无益，这是由于你的鼻子凑得太近的缘故，你不妨往后退一步。站在远处看这个城区的活动，看到的是意气风发的劳动热忱，你再也不会注意有缺陷的动作。"一个人有创造的热忱，他未必就能成为大艺术家。一大群人有创造的热忱，其中一定会产生大艺术家。大家都爱跳舞，即使跳得不好的人也跳，美的舞蹈便应运而生。说到底，产生不产生大艺术家也不重要，在这片生机勃勃的土地上，生活本身就是意义。

人在创造的时候是既不在乎报酬，也不考虑结果的。陶工专心致志地伏身在他的手艺上，在这个时刻，他既不是为商人，也不是为自己工作，而是"为这只陶罐以及柄子的弯度工作"。艺术家废寝忘食只是为了一个意象，一个还说不出来的形式。他当然感到了幸福，但幸福是额外的奖励，而不是预定的目的。美也如此，你几曾听到过一个雕塑家说他要在石头上凿出美？

从沙漠征战归来的人，勋章不能报偿他，亏待也不会使他失落。"当一个人升华、存在、圆满死去，还谈什么获得与占有？"一切从工作中感受到生命意义的人都是如此，内在的富有找不到、也不需要世俗的对应物。像托尔斯泰、卡夫卡、爱因斯坦这样的人，没有得诺贝尔奖于他们何损，得了又能增加什么？只有那些内心中没有欢乐源泉的人，才会斤斤计较外在的得失，孜孜追求教授的职称、部长的头衔和各种可笑的奖状。他们这样做很可理解，因为倘若没有这些，他们便一无所有。

## 六

如果我把圣埃克苏佩里的思想概括成一句话,譬如说"生命的意义在于爱和创造,在于奉献",我就等于什么也没有说,只是在重复一句陈词滥调。是否用自己独特的语言说出一个真理,这不只是表达的问题,而是决定了说出的是不是真理。世上也许有共同的真理,但它不在公共会堂的标语上和人云亦云的口号中,只存在于一个个具体的人用心灵感受到的特殊的真理之中。那些不拥有自己的特殊真理的人,无论他们怎样重复所谓共同的真理,说出的始终是空洞的言辞而不是真理。圣埃克苏佩里说:"我瞧不起意志受论据支配的人。词语应该表达你的意思,而不是左右你的意志。"真理不是现成的出发点,而是千辛万苦要接近的目标。凡是把真理当做起点的人,他们的意志正是受了词语的支配。

这本书中还有许多珍宝,但我不可能一一指给你们看。我在这座圣殿里走了一圈,把我的所见所思告诉了你们。现在,请你们自己走进去,你们也许会有不同的所见所思。然而,我相信,有一种感觉会是相同的。"把石块砌在一起,创造的是静默。"当你们站在这座用语言之石垒建的殿堂里时,你们一定也会听见那迫人不得不深思的静默。

2003.6.

# 把我们自己娱乐死？

美国文化传播学家波兹曼的《娱乐至死》是一篇声讨电视文化的檄文,书名全译出来是"把我们自己娱乐死",我在后面加上一个问号,用作我的评论的标题。在读这本书的过程中,我确实时时听见一声急切有力的喝问:难道我们要把自己娱乐死?这一声喝问绝非危言耸听,我深信它是我们必须认真听取的警告。

电视在今日人类生活中的显著地位有目共睹,以至于难以想象,倘若没有了电视,这个世界该怎么运转,大多数人的日子该怎么过。拥护者们当然可以举出电视带来的种种便利,据此讴歌电视是伟大的文化现象。事实上,无人能否认电视带来的便利,分歧恰恰在于,这种便利在总体上是推进了文化,还是损害了文化。进一步分析,我们会发现,拥护者和反对者所说的文化是两码事,真正的分歧在于对文化的不同理解。

波兹曼有一个重要论点:媒介即认识论。也就是说,媒介的变化导致了并且意味着认识世界的方式的变化。在印刷术发明后的漫长历史中,文字一直是主要媒介,人们主要通过书籍来交流思想和传播信息。作为电视的前史,电报和摄影术的发明标志了新媒介的出现。电报所传播的信息只具有转瞬即逝的性质,摄影术则用图像取代文字作为传播的媒介。电视实现了二者的完美结合,是瞬时和图像的二重奏。正是凭借这两个要素,电视与书籍形成了鲜明的对照。

在书籍中,存在着一个用文字记载的传统,阅读使我们得以进入这个传统。相反,电视是以现时为中心的,所传播的信息越具有当下性似乎就越有价值。作者引美国电视业内一位有识之士的话说:"我担心我的行业会使这个时代充满遗忘症患者。我们美国人似乎知道过去二十四小时里发生的任何事情,而对过去六十个世纪或六十年里发生的事情却知之甚少。"我很佩服这位人士,他能不顾职业利益而站在良知一边,为历史的消失而担忧。书籍区别于电视的另一特点是,文字是抽象的符号,它要求阅读必须同时也是思考,否则就不能理解文字的意义。相反,电视直接用图像影响观众,它甚至忌讳思考,因为思考会妨碍观看。摩西第二诫禁止刻造偶像,作者对此解释道:犹太人的上帝是抽象的神,需要通过语言进行抽象思考方能领悟,而运用图像就是放弃思考,因而就是渎神。我们的确看到,今日沉浸在电视文化中的人已经越来越丧失了领悟抽象的神的能力,对于他们来说,一切讨论严肃精神问题的书籍都难懂如同天书。

由上所述,我们大致可以揣测作者对于文化的理解了。文化有两个必备的要素:一是传统,二是思考。做一个有文化的人,就是置身于人类精神传统之中进行思考。很显然,在他看来,书籍能够帮助我们实现这个目标,电视却会使我们背离这个目标。那么,电视究竟把我们引向何方?引向文化的反面——娱乐。一种迷恋当下和排斥思考的文化,我们只能恰如其分地称之为娱乐。并不是说娱乐和文化一定势不两立,问题不在于电视展示了娱乐性内容,而在于在电视上一切内容都必须以娱乐的方式表现出来。"娱乐是电视上所有话语的超意识形态。"在电视的强势影响下,一切文化都依照其转变成娱乐的程度而被人们接受,因而在不同程度上都转变成了娱乐。"除了娱乐业没有其他行业"——到了这个地步,本来意义上的文化就荡然无存了。

电视把一切都变成了娱乐。新闻是娱乐。电报使用之初,梭罗即已讽刺地指出:"我们满腔热情地在大西洋下开通隧道,把新旧两个世界拉近几个星期,但是到达美国人耳朵里的第一条新闻可能却是阿德雷德公主得了百日咳。"今天我们通过电视能够更迅速地知道世界各地正在发生的事情,然而,其中绝大多数与我们的生活毫无关联,所获得的大量信息既不能回答我们的任何问题,也不需要我们做出任何回答。作者借用柯勒律治的话描述这种失去语境的信息环境:"到处是水却没有一滴水可以喝。"但我们好像并不感到痛苦,反而在信息的泛滥中感到虚假的满足。看电视新闻很像看万花筒,画面在不相干的新闻之间任意切换,看完后几乎留不下任何印象,而插播的广告立刻消解了不论多么严重的新闻的严重性。政治是娱乐。政治家们纷纷涌向电视,化妆术和表演术取代智慧成了政治才能的标志。作者指出,美国前十五位总统走在街上不会有人认出,而现在的总统和议员都争相让自己变得更上镜。宗教是娱乐。神父、大主教都试图通过电视表演取悦公众,《圣经》被改编成了系列电影。教育是娱乐。美国最大的教育产业是在电视机前,电视获得了控制教育的权力,担负起了指导人们读什么样的书、做什么样的人的使命。

波兹曼把美国作为典型对电视文化进行了分析和批判,但是,电视主宰文化、文化变成娱乐的倾向却是世界性的。譬如说,在我们这里,人们现在通过什么学习历史?通过电视剧。历史仅仅作为戏说、也就是作为娱乐而存在,再也不可能有比这更加彻底地消灭历史的方式了。又譬如说,在我们这里,电视也成了印刷媒介的榜样,报纸和杂志纷纷向电视看齐,使劲强化自己的娱乐功能,蜕变成了波兹曼所说的"电视型印刷媒介"。且不说那些纯粹娱乐性的时尚杂志,翻开几乎任何一种报纸,你都会看到一个所谓文化版面,所报道的全是娱乐圈的新闻和大小明星的逸闻。这无可辩驳地表明,文化即娱乐已经成为新的约定俗成，只有娱乐才是文化已经成为不言而喻的共识。

　　奥威尔和赫胥黎都曾预言文化的灭亡，但灭亡的方式不同。在奥威尔看来，其方式是书被禁读，真理被隐瞒，文化成为监狱。在赫胥黎看来，其方式是无人想读书，无人想知道真理，文化成为滑稽戏。作者认为，实现了的是赫胥黎的预言。这个结论也许太悲观了。我相信，只要人类精神存在一天，文化就绝不会灭亡。不过，我无法否认，对于文化来说，一个娱乐至上的环境是最坏的环境，其恶劣甚于专制的环境。在这样的环境中，任何严肃的精神活动都不被严肃地看待，人们不能容忍不是娱乐的文化，非把严肃化为娱乐不可，如果做不到，就干脆把戏侮严肃当做一种娱乐。面对这样的行径，我的感觉是，波兹曼的书名听起来像是一种诅咒。

2004.7.

# 善良·丰富·高贵

如果我是一个从前的哲人,来到今天的世界,我会最怀念什么？一定是这六个字:善良,丰富,高贵。

看到医院拒收付不起昂贵医疗费的穷人,听凭危急病人死去;看到商人出售假药和伪劣食品,制造急性和慢性的死亡;看到矿难频繁,矿主用工人的生命换取高额利润;看到每天发生的许多凶杀案,往往为了很少的一点钱或一个很小的缘由夺走一条命,我为人心的冷漠感到震惊,于是我怀念善良。

善良,生命对生命的同情,多么普通的品质,今天仿佛成了稀有之物。中外哲人都认为,同情是人与兽的区别的开端,是人类全部道德的基础。没有同情,人就不是人,社会就不是人待的地方。人是怎么沦为兽的？就是从同情心的麻木和死灭开始的,由此下去可以干一切坏事,成为法西斯,成为恐怖主义者。善良是区分好人与坏人的最初界限,也是最后界限。

看到今天许多人以满足物质欲望为人生惟一目标,全部生活由赚钱和花钱两件事组成,我为人们的心灵的贫乏感到震惊,于是我怀念丰富。

丰富,人的精神能力的生长、开花和结果,上天赐给万物之灵的最高享受,为什么人们弃之如敝屣呢？中外哲人都认为,丰富的心灵是幸福的真正源泉,精神的快乐远远高于肉体的快乐。上天的赐予本来是公平的,每个人天性中都蕴含着精神需求,在生存需要基本得到满足之后,这种需求理应觉醒,它的满足理应越来越成为主要的目标。那些永远折腾在功利世界上的人,那些从来不谙思考、阅读、独处、艺术欣赏、精神创造等心灵快乐的人,他们是怎样辜负了上天的赐予啊!不管他们多么有钱,他们是度过了怎样贫穷的一生啊!

看到有些人为了获取金钱和权力毫无廉耻,可以干任何出卖自己尊严的事,然后又依仗所获取的金钱和权力毫无顾忌,肆意凌辱他人的尊严,我为这些人的灵魂的卑鄙感到震惊,于是我怀念高贵。

高贵,曾经是许多时代最看重的价值,被看得比生命还重要,现在似乎很少有人提起了。中外哲人都认为,人要有做人的尊严,要有做人的基本原则,在任何情况下都不可违背,如果违背,就意味着不把自己当人了。今天的一些人就是这样,不知尊严为何物,不把别人当人,任意欺凌和侮辱,而根源正在于他没有把自己当人,事实上你在他身上也已经看不出丝毫人的品性。高贵者的特点是极其尊重他人,他的自尊正因此得到了最充分的体现。人的灵魂应该是高贵的,人应该做精神贵族,世上最可恨也最可悲的岂不是那些有钱有势的精神贱民?

我听见一切世代的哲人在向今天的人们呼唤:人啊,你要有善良的心,丰富的心灵,高贵的灵魂,这样你才无愧于人的称号,你才是作为真正的人在世间生活。

善良,丰富,高贵——令人怀念的品质,人之为人的品质,我期待今天更多的人拥有它们。

2006.8.

和妻子、女儿在一起，田益宾摄，2002.

在书房里，《户外探险》杂志记者摄，2003.

# 走在自己的路上

## 一

面前纵横交错的路,每一条都通往不同的地点。那心中只有一个物质目标而没有幻想的人,一心一意走在其中的一条上,其余的路对于他等于不存在。那心中有幻想而没有任何目标的人,漫无头绪地尝试着不同的路线,结果只是在原地转圈子。那心中既有幻想又有精神目标的人,他走在一切可能的方向上,同时始终是走在他自己的路上。

## 二

一个人年轻时,外在因素——包括所遇到的人、事情和机会——对他的生活信念和生活道路会发生较大的影响。但是,在达到一定年龄以后,外在因素的影响就会大大减弱。那时候,如果他已经形成自己的生活信念,外在因素就很难再使之改变,如果仍未形成,外在因素也就很难再使之形成了。

## 三

我相信,从理论上说,每一个人的禀赋和能力的基本性质是早已确定的,因此,在这个世界上必定有一种最适合他的事业,一个最适合他的领域。当然,在实践中,他能否找到这个领域,从事这种事业,不免会受客观情势的制约。但是,自己应该有一种自觉,尽量缩短寻找的过程。在人生的一定阶段上,一个人必须知道自己是怎样的人,到底想要什么了。

## 四

孔子说:"三十而立。"我对此话的理解是:一个人在进入中年的时候,应该确立起生活的基本信念了。所谓生活信念,第一是做人的原则,第二是做事的方向。也就是说,应该知道自己在这个世界上要做怎样的人,想做什么样的事了。

当然,"三十"不是一个硬指标,孔子毕竟是圣人,一般人也许晚一些。但是,"立"与不"立"是硬道理,无人能够回避。一个人有了"立",才真正成了自己人生的主人。

## 五

一个灵魂在天外游荡,有一天通过某一对男女的交合而投进一个凡胎。他从懵懂无知开始,似乎完全忘记了自己的本来面目。但是,随着年岁和经历的增加,那天赋的性质渐渐显露,使他不自觉地对生活有一种基本的态度。在一定意义上,"认识你自己"就是要认识附着在凡胎上的这个灵魂,一旦认识了,过去的一切都有了解释,未来的一切都有了方向。

## 六

我走在自己的路上了。成功与失败、幸福与苦难都已经降为非常次要的东西。最重要的东西是这条路本身。

## 七

他们一窝蜂挤在那条路上,互相竞争、推搡、阻挡、践踏。前面有什么?不知道。既然大家都朝前赶,肯定错不了。

你悠然独行,不慌不忙,因为你走在自己的路上,它仅仅属于你,没有人同你争。

## 八

我曾经也有过被虚荣迷惑的年龄,因为那时候我还没有看清事物的本质,尤其还没有看清我自己的本质。我感到现在我已经站在一个最合宜的位置上,它完全属于我,所有追逐者的脚步不会从这里经过。我不知道我是哪一天来到这个地方的,但一定很久了,因为我对它已经如此熟悉。

# 有所为必有所不为

## 一

人的精力是有限的，有所为就必有所不为，而人与人之间的巨大区别就在于所为所不为的不同取向。

## 二

人活世上，有时难免要有求于人和违心做事。但是，我相信，一个人只要肯约束自己的贪欲，满足于过比较简单的生活，就可以把这些减少到最低限度。远离这些麻烦的交际和成功，实在算不得什么损失，反而受益无穷。我们因此获得了好心情和好光阴，可以把它们奉献给自己真正喜欢的人，真正感兴趣的事，而首先是奉献给自己。对于一个满足于过简单生活的人，生命的疆域是更加宽阔的。

## 三

为别人对你的好感、承认、报偿做的事，如果别人不承认，便等于零。为自己的良心、才能、生命做的事，即使没有一个人承认，也丝毫无损。

我之所以宁愿靠自己的本事吃饭,其原因之一是为了省心省力,不必去经营我所不擅长的人际关系了。

## 四

　　人一看重机会,就难免被机会支配。

## 五

　　天地悠悠,生命短促,一个人一生的确做不成多少事。明白了这一点,就可以善待自己,不必活得那么紧张匆忙了。但是,也正因为明白了这一点,就可以不抱野心,只为自己高兴而好好做成几件事了。

# 与身外遭遇保持距离

## 一

在大海边,在高山上,在大自然之中,远离人寰,方知一切世俗功利的渺小,包括"文章千秋事"和千秋的名声。

## 二

我们平时斤斤计较于事情的对错,道理的多寡,感情的厚薄,在一位天神的眼里,这种认真必定是很可笑的。

## 三

外在遭遇受制于外在因素,非自己所能支配,所以不应成为人生的主要目标。真正能支配的惟有对一切外在遭际的态度。

## 四

事情对人的影响是与距离成反比的,离得越近,就越能支配我们的心情。因此,减轻和摆脱其影响的办法就是寻找一个立足点,那个立足点可以使我们拉开与事情之间的距离。如果那个立足点仍在人世间,与事情拉开了一个有限的距离,我们便会获得一种明智的态度。如果那个立足点被安置在人世之外,与事情隔开了一个无限的距离,我们便会获得一种超脱的态度。

## 五

"距离说"对艺术家和哲学家是同样适用的。理解与欣赏一样,必须同对象保持相当的距离,然后才能观其大体。不在某种程度上超脱,就绝不能对人生有深刻见解。

## 六

物质的、社会的、世俗的苦恼太多,人就无暇有存在的、哲学的、宗教的苦恼。日常生活中的琐屑限制太多,人就不易感觉到人生的大限制。我不知道这值得庆幸,还是值得哀怜。

## 七

纷纷扰扰,全是身外事。我能够站在一定的距离外来看待我的遭遇了。我是我,遭遇是遭遇。惊浪拍岸,卷起千堆雪。可是,岸仍然是岸,它淡然观望着变幻不定的海洋。

# 和命运结伴而行

## 一

命运是不可改变的,可改变的只是我们对命运的态度。

## 二

就命运是一种神秘的外在力量而言,人不能支配命运,只能支配自己对命运的态度。一个人愈是能够支配自己对于命运的态度,命运对于他的支配力量就愈小。

## 三

狂妄的人自称命运的主人,谦卑的人甘为命运的奴隶。除此之外还有一种人.他照看命运,但不强求,接受命运,但不卑怯。走运时,他会揶揄自己的好运。倒运时,他又会调侃自己的厄运。他不低估命运的力量,也不高估命运的价值。他只是做命运的朋友罢了。

## 四

塞涅卡说：愿意的人，命运领着走；不愿意的人，命运拖着走。他忽略了第三种情况：和命运结伴而行。

## 五

"愿意的人，命运领着走。不愿意的人，命运拖着走。"太简单一些了吧？活生生的人总是被领着也被拖着，抗争着但终于不得不屈服。

## 六

昔日的同学走出校门，各奔东西，若干年后重逢，便会发现彼此在做着很不同的事，在名利场上的沉浮也相差悬殊。可是，只要仔细一想，你会进一步发现，各人所走的道路大抵有线索可寻，符合各自的人格类型和性格逻辑，说得上各得其所。

上帝借种种偶然性之手分配人们的命运，除开特殊的天灾人祸之外，它的分配基本上是公平的。

## 七

偶然性是上帝的心血来潮，它可能是灵感喷发，也可能只是一个恶作剧；可能是神来之笔，也可能只是一个笔误。因此，在人生中，偶然性便成了一个既诱人又恼人的东西。我们无法预测会有哪一种偶然性落到自己头上，所能做到的仅是——如果得到的是神来之笔，就不要辜负了它；如果得到的是笔误，就精心地修改它,使它看起来像是另一种神来之笔,如同有的画家把偶然落到画布上的污斑修改成整幅画的点睛之笔那样。当然,在实际生活中,修改上帝的笔误绝非一件如此轻松的事情,有的人为此付出了毕生的努力,而这努力本身便展现为辉煌的人生历程。

## 八

人活世上,第一重要的还是做人,懂得自爱自尊,使自己有一颗坦荡又充实的灵魂,足以承受得住命运的打击,也配得上命运的赐予。倘能这样,也就算得上做命运的主人了。

## 九

每个人都只有一个人生,她是一个对我们从一而终的女子。我们不妨尽自己的力量引导她,充实她,但是,不管她终于成个什么样子,我们好歹得爱她。

## 十

在设计一个完美的人生方案时,人们不妨海阔天空地遐想。可是,倘若你是一个智者,你就会知道,最美妙的好运也不该排除苦难,最耀眼的绚烂也要归于平淡。原来,完美是以不完美为材料的,圆满是必须包含缺憾的。最后你发现,上帝为每个人设计的方案无须更改,重要的是能够体悟其中的意蕴。

# 比成功更重要的

## 一

我对成功的理解:把自己喜欢的事做得尽善尽美,让自己满意,不要去管别人怎么说。

## 二

最基本的划分不是成功与失败,而是以伟大的成功和伟大的失败为一方,以渺小的成功和渺小的失败为另一方。

在上帝眼里,伟大的失败也是成功,渺小的成功也是失败。

## 三

有一些渺小的人获得了虚假的成功,他们的成功很快就被历史遗忘了。有一些伟大的人获得了真实的成功,他们的成功被历史永远记住了。但是,我知道,还有许多优秀的人,他们完全淡然于成功,最后也确实与成功无缘。对于这些人,历史既没有记住他们,也没有遗忘他们,他们是超越于历史之外的。

## 四

对于我来说,人生即事业,除了人生,我别无事业。我的事业就是要穷尽人生的一切可能性。这是一个肯定无望但极有诱惑力的事业。

## 五

我的野心是要证明一个没有野心的人也能得到所谓成功。

不过,我必须立即承认,这只是我即兴想到的一句俏皮话,其实我连这样的野心也没有。

## 六

有一种人追求成功,只是为了能居高临下地蔑视成功。

## 七

每个追求者都渴望成功,然而,还有比成功更宝贵的东西,这就是追求本身。我宁愿做一个未必成功的追求者,而不愿是一个不再追求的成功者。如果说成功是青春的一个梦,那么,追求即是青春本身,是一个人心灵年轻的最好证明。谁追求不止,谁就青春常在。一个人的青春是在他不再追求的那一天结束的。

## 八

能被失败阻止的追求是一种软弱的追求,它暴露了力量的有限。能被成功阻止的追求是一种浅薄的追求,它证明了目标的有限。

# 往事的珍宝

## 一

往事付流水。然而，人生中有些往事是岁月带不走的，仿佛愈经冲洗就愈加鲜明，始终活在记忆中。我们生前守护着它们，死后便把它们带入了永恒。

## 二

人生中一切美好的时刻，我们都无法留住。人人都生活在流变中，人人的生活都是流变。那么，一个人的生活是否精彩，就并不在于他留住了多少珍宝，而在于他有过多少想留而留不住的美好的时刻，正是这些时刻组成了他的生活中的流动的盛宴。留不住当然是悲哀，从来没有想留住的珍宝却是更大的悲哀。

## 三

既然一切美好的价值都会成为过去，我们就必须承认过去的权利，过去不是空无，而是一切美好价值存在的惟一可能的形式。

## 四

逝去的感情事件,无论痛苦还是欢乐,无论它们一度如何使我们激动不宁,隔开久远的时间再看,都是美丽的。我们还会发现,痛苦和欢乐的差别并不像当初想象得那么大。欢乐的回忆夹着忧伤,痛苦的追念掺着甜蜜,两者又都同样令人惆怅。

## 五

人在世界上行走,在时间中行走,无可奈何地迷失在自己的行走之中。他无法把家乡的泉井带到异乡,把童年的彩霞带到今天,把十八岁生日的烛光带到四十岁的生日。不过,那不能带走的东西未必就永远丢失了。也许他所珍惜的所有往事都藏在某个人迹不至的地方,在一个意想不到的时刻,其中一件或另一件会突然向他显现,就像从前的某一片烛光突然在记忆的夜空中闪亮。

## 六

人生中有些事情很小,但可能给我们造成很大的烦恼,因为离得太近。人生中有些经历很重大,但我们当时并不觉得,也因为离得太近。距离太近时,小事也会显得很大,使得大事反而显不出大了。隔开一定距离,事物的大小就显出来了。

我们走在人生的路上,遇到的事情是无数的,其中多数非自己所能选择,它们组成了我们每一阶段的生活,左右着我们每一时刻的心情。我们很容易把正在遭遇的每一件事情都看得十分重要。然而,时过境迁,当我们回头看走过的路时便会发现,人生中真正重要的事情是不多的,它们奠定了我们的人生之路的基本走向,而其余的事情不过是路边的一些令人愉快或不愉快的小景物罢了。

## 七

消逝是人的宿命。但是,有了怀念,消逝就不是绝对的。人用怀念挽留逝者的价值,证明自己是与古往今来一切存在息息相通的友情。失去了童年,我们还有童心。失去了青春,我们还有爱。失去了岁月,我们还有历史和智慧。没有怀念,人便与木石无异。

在全国书市上，桂林，2004.

在 301 医院做讲座，2004.

# 不同的天赋

## 一

世界是大海,每个人是一只容量基本确定的碗,他的幸福便是碗里所盛的海水。我看见许多可怜的小碗在海里拼命翻腾,为的是舀到更多的水,而那为数不多的大碗则很少动作,看去几乎是静止的。

## 二

我倾向于认为,一个人的悟性是天生的,有就是有,没有就是没有,它可以被唤醒,但无法从外面灌输进去。关于这一点,我的一位朋友有一种十分巧妙的说法,大意是:在生命的轮回中,每一个人仿佛在前世修到了一定的年级,因此不同的人投胎到这个世界上来的时候已经是站在不同的起点上了。已经达到大学程度的人,你无法让他安于读小学,就像只具备小学程度的人,你无法让他胜任上大学一样。当然,这个说法仅仅是一种譬喻。

## 三

上帝赋予每个人的能力的总量也许是一个常数,一个人在某一方面过了头,必在另一方面有欠缺。因此,一个通常意义上的弱智儿往往是某个非常方面的天才。也因此,并不存在完全的弱智儿,就像并不存在完全的超常儿一样。

## 四

人是有种的不同的。当然,种也有运气的问题,是这个种,未必能够成这个才。有一些人,如果获得了适当的机遇,完全可能成就为异常之才,成为大文豪、大政治家、大军事家、大企业家等等,但事实上是默默无闻地度过了一生。譬如说,我们没有理由不设想,在古往今来无数没有机会受教育的人之中,会有一些极好的读书种子遭到了扼杀。另一方面呢,如果不是这个种,那么,不论运气多么好,仍然不能成这个才。对于这一层道理,只要看一看现在的许多职业读书人,难道还不明白吗?

## 五

智力可以来自祖先的遗传,知识可以来自前人的积累。但是,有一种灵悟,其来源与祖先和前人皆无关,我只能说,它直接来自神,来自世界至深的根和核心。

# 个人的态度

## 一

看见可爱的景物、东西或者女人,我就会喜欢,这喜欢是自然而然的,我不能也不想硬让自己不喜欢。但是,我喜欢了就够了,喜欢了就是了,我并不想得到什么,并不觉得因为我喜欢就有权利得到什么。

## 二

我的确没有野心,但有追求。就现在所得到的东西而言,外在的方面已远超过我的预期,内在的方面则还远不能使我满意。

## 三

我对任何出众的才华无法不持欣赏的态度,哪怕它是在我的敌人身上。

## 四

我无求于人。求朋友会伤害我的虚荣心,求敌人会伤害我的骄傲。

## 五

在某一类人身上不值得浪费任何感情,哪怕是愤怒的感情。我把这一点确立为一个原则,叫做:节省感情。

## 六

他们很狂,个个都是天下第一。我能说出的狂言只有一句:"我是天下第一不狂的人。"

## 七

我当然不仅仅属于自己,但我也不属于世界,我只属于世界上不多几个爱我的人。

## 八

我本能地怀疑一切高调,不相信其背后有真实的激情。

## 九

我的生活中没有用身份标示的目标,诸如院士、议员、部长之类。那些为这类目标奋斗的人,无论他们为挫折而焦虑,还是为成功而欣喜,我从他们身上都闻到同一种气味,这种气味使我不能忍受和他们在一起待上三分钟。

## 十

我不是一个很自信的人,但我的自信恰好达到这个程度,使我能够不必在乎外来的封赐和奖赏。

## 十一

当我做着自己真正想做的事情的时候,别人的褒贬是不重要的。对于我来说,不存在正业副业之分,凡是出自内心需要而做的事情都是我的正业。

## 十二

每当我接到一张写满各种头衔的名片,我就惊愕自己又结识了一个精力超常的人,并且永远断绝了再见这个人的念头。

## 十三

我要躲开两种人:浅薄的哲学家和深刻的女人。前者大谈幸福,后者大谈痛苦,都叫我受不了。

## 十四

我喜欢的格言:人所具有的我都具有——包括弱点。

我爱躺在夜晚的草地上仰望星宿,但我自己不愿做星宿。

## 十五

没有一种人性的弱点是我所不能原谅的,但有的是出于同情,有的是出于鄙夷。

# 倾听沉默

## 一

让我们学会倾听沉默——

因为在万象喧嚣的背后,在一切语言消失之处,隐藏着世界的秘密。倾听沉默,就是倾听永恒之歌。

因为我们最真实的自我是沉默的,人与人之间真正的沟通是超越语言的。倾听沉默,就是倾听灵魂之歌。

## 二

当少男少女由两小无猜的嬉笑转入羞怯的沉默时,最初的爱情来临了。

当诗人由热情奔放的高歌转入忧郁的沉默时,真正的灵感来临了。

沉默是神的来临的永恒仪式。

## 三

在两性亲昵中,从温言细语到甜言蜜语到花言巧语,语言愈夸张,爱情愈稀薄。达到了顶点,便会发生一个转折,双方恶言相向,爱变成了恨。

真实的感情往往找不到语言,真正的两心契合也不需要语言,谓之默契。

人生中最美好的时刻都是"此时无声胜有声"的,不独爱情如此。

## 四

世上一切重大的事情,包括阴谋与爱情、诞生与死亡,都是在沉默中孕育的。

在家庭中,夫妇吵嘴并不可怕,倘若相对无言,你就要留心了。

在社会上,风潮迭起并不可怕,倘若万马齐喑,你就要留心了。

艾略特说,世界并非在惊天动地的砰的一声中,而是在几乎听不见的咿的一声中完结的。末日的来临往往悄无声息。死神喜欢蹑行,当我们听见它的脚步声时,我们甚至来不及停住唇上的生命之歌,就和它打了照面。

当然,真正伟大的作品和伟大的诞生也是在沉默中酝酿的。广告造就不了文豪。哪个自爱并且爱孩子的母亲会在分娩前频频向新闻界展示她的大肚子呢?

## 五

在最深重的苦难中,没有呻吟,没有哭泣。沉默是绝望者最后的尊严。

在最可怕的屈辱中,没有诅咒,没有叹息。沉默是复仇者最高的轻蔑。

## 六

真正打动人的感情总是朴实无华的,它不出声,不张扬,埋得很深。沉默有一种特别的力量,当一切喧嚣静息下来后,它仍然在工作着,穿透可见或不可见的间隔,直达人心的最深处。

## 七

沉默是语言之母,一切原创的、伟大的语言皆孕育于沉默。但语言自身又会繁殖语言,与沉默所隔的世代越来越久远,其品质也越来越蜕化。

还有比一切语言更伟大的真理,沉默把它们留给了自己。

## 八

我们的内心经历往往是沉默的。讲自己不是一件随时随地可以进行的容易的事,它需要某种境遇和情绪的触发,一生难得有几回。那些喜欢讲自己的人多半是在讲自己所扮演的角色。

另一方面呢,我们无论讲什么,也总是在曲折地讲自己。

## 九

语言是存在的家。沉默是语言的家。饶舌者扼杀沉默,败坏语言,犯下了双重罪过。

## 十

话语是一种权力——这个时髦的命题使得那些爱说话的人欣喜若狂,他们越发爱说话了,在说话时还摆出了一副大权在握的架势。

我的趣味正相反。我的一贯信念是:沉默比话语更接近本质,美比权力更有价值。在这样的对比中,你们应该察觉我提出了一个相反的命题:沉默是一种美。

## 十一

自己对自己说话的需要。谁在说?谁在听?有时候是灵魂在说,上帝在听。有时候是上帝在说,灵魂在听。自己对自己说话——这是灵魂与上帝之间的交流,在此场合之外,既没有灵魂,也没有上帝。

如果生活只是对他人说话和听他人说话,神圣性就荡然无存。

所以,我怀疑现代哲学中的一切时髦的对话理论,更不必说现代媒体上的一切时髦的对话表演了。

## 十二

沉默就是不说,但不说的原因有种种,例如:因为不让说而不说,那是顺从或者愤懑;因为不敢说而不说,那是畏怯或者怨恨;因为不便说而不说,那是礼貌或者虚伪;因为不该说而不说,那是审慎或者世故;因为不必说而不说,那是默契或者隔膜;因为不屑说而不说,那是骄傲或者超脱。这些都还不是与语言相对立的意义上的沉默,因为心中已经有了话,有了语言,只是不说出来罢了。倘若是因为不可说而不说,那至深之物不能浮现为语言,那至高之物不能下降为语言,或许便是所谓存在的沉默了吧。

## 十三

沉默是一口井,这井里可能藏着珠宝,也可能一无所有。

# 节 省 语 言

## 一

智者的沉默是一口很深的泉源,从中汲出的语言之水也许很少,但滴滴晶莹,含有很浓的智慧。

相反,平庸者的夸夸其谈则如排泄受堵的阴沟,滔滔不绝,遍地泛滥,只是污染了环境。

## 二

富者的健谈与贫者的饶舌不可同日而语。但是,言谈太多,对于创造总是不利的。时时有发泄,就削弱了能量的积聚。创造者必有酝酿中的沉默,这倒不是有意为之,而是不得不然,犹如孕妇不肯将未足月的胎儿娩出示人。当然,富者的沉默与贫者的枯索也不可同日而语,犹如同为停经,可以是孕妇,也可以是不孕症患者。

## 三

世上有一种人,嘴是身上最发达的器官,无论走到哪里,几乎就只带着这一种器官,全部生活由说话和吃饭两件事构成。

少言是思想者的道德,惟有少言才能多思。舌头超出思想,那超出的部分只能是废话。

## 四

我不会说,也说不出那些行话、套话,在正式场合发言就难免怯场,所以怕参加一切必须发言的会议。可是,别人往往误以为我是太骄傲或太谦虚。

## 五

我害怕说平庸的话,这种心理使我缄口。当我被迫说话时,我说出的往往的确是平庸的话。惟有在我自己感到非说不可的时候,我才能说出有价值的话。

## 六

平时我受不了爱讲废话的人,可是,在某些社交场合,我却把这样的人视为救星。他一开口,我就可以心安理得地保持缄默,不必为自己不善于应酬而惶恐不安了。

## 七

讨论什么呢?我从来觉得,根本问题是不可讨论的,枝节问题又是不必讨论的。

## 八

人得的病只有两种:一种是不必治的,一种是治不好的。

人们争论的问题也只有两种:一种是用不着争的,一种是争不清楚的。

## 九

多数会议可以归入两种情况,不是对一个简单的问题发表许多复杂的议论,就是对一件复杂的事情做出一个简单的决定。

## 十

对于我来说,谎言重复十遍未必成为真理,真理重复十遍(无须十遍)就肯定成为废话。

# 论 无 聊

## 一

无聊是对欲望的欲望。当一个人没有任何欲望而又渴望有欲望之时,他便感到无聊。

## 二

叔本华把无聊看作欲望满足之后的一种无欲望状态,可说是只知其一不知其二。完全无欲望是一种恬静状态,无聊却包含着不安的成分。人之所以无聊不是因为无欲望,而是因为不能忍受这无欲望的状态,因而渴望有欲望。

## 三

排遣无聊的方式因人而异,最能见出一个人的性情。愈浅薄的人,其无聊愈容易排遣,现成的法子有的是。"不有博弈者乎?"如今更好办,不有电视机乎?面对电视机一坐几个钟点,天天坐到头昏脑涨然后上床去,差不多是现代人最常见的消磨闲暇的方式,——或者说,糟踏闲暇的方式。

## 四

时间是我们的全部所有,谁都不愿意时间飞速流逝,一下子就到达生命的终点。可是大家似乎又都在"消磨"时间,也就是说,想办法把时间打发掉。如此宝贵的时间似乎又是一个极其可怕的东西,因而人们要用种种娱乐、闲谈、杂务隔开自己与时间,使自己不至于直接面对这空无所有而又确实在流逝着的时间。

## 五

在有些人眼里,人生是一碟乏味的菜,为了咽下这碟菜,少不了种种作料,种种刺激。他们的日子过得真热闹。

## 六

无聊是意义的空白。然而,如果没有这空白,我们又怎么会记起我们对于意义的渴望呢?当情人不在场的时候,对情人的思念便布满了爱情的空间。

## 七

无聊:缺乏目的和意义。

无聊的天性:没有能力为自己设立一个目的,创造一种意义。

伟大天性的无聊时刻:对自己所创造的意义的突然看破。

肖像，李滨摄，2005.

头像，宋颖画，2006.

# 八

如果消遣也不能解除你的无聊,你就有点儿深刻了。

# 论 嫉 妒

## 一

嫉妒往往包含功利的计较。即使对某些精神价值,嫉妒者所看重的也只是它们可能给拥有者带来的实际好处,例如,学问和才华带来的名利。嫉贤妒能的实质是嫉名妒利,一辈子怀才不遇的倒霉蛋是不会有人去嫉妒的。

有一些精神价值,例如智慧和德行,由于它们无涉功利,所以不易招妒。我是说真正的智慧和德行,沽名钓誉的巧智伪善不在其列。哲人和圣徒生活在自己的精神世界里,俗人与这个世界无缘,所以无从嫉妒。

超脱者因其恬淡于名利而远离了嫉妒——既不妒人,也不招妒,万一被妒也不在乎。如果在乎,说明还是太牵挂名利,并不超脱。

## 二

嫉妒发生之可能,与时间和空间的距离成反比。我们极容易嫉妒近在眼前的人,但不会嫉妒古人或遥远的陌生人。一个渴望往上爬的小职员并不嫉妒某个美国人一夜之间登上了总统宝座,对他的同事晋升科长却耿耿于怀了。一个财迷并不嫉妒世上许多亿万富翁,见他的邻居发了小财却寝食不安了。一个爱出风头的作家并不嫉妒曹雪芹和莎士比亚,因他的朋友一举成名却愤愤不平了。由于嫉妒的这一距离法则,成功者往往容易遭到他的同事、熟人乃至朋友的贬损,而在这个圈子之外却获得了承认,所谓"墙内开花墙外香"遂成普遍现象。

## 三

嫉妒基于竞争。领域相异,不成竞争,不易有嫉妒。所以,文人不嫉妒名角走红,演员不嫉妒巨商暴富。当然,如果这文人骨子里是演员,这演员骨子里是商人,他们又会嫉妒名角巨商,渴望走红暴富,因为都在名利场上,有了共同领域。

在同一领域内,人对于远不及己者和远胜于己者也不易有嫉妒,因为水平悬殊,亦不成竞争。嫉妒最易发生在水平相当的人之间,他们之间最易较劲。当然,上智和下愚终属少数,多数人挤在中游,所以嫉妒仍是普遍的。

## 四

伟大的成功者不易嫉妒,因为他远远超出一般人,找不到足以同他竞争、值得他嫉妒的对手。

悟者比伟大的成功者更不易嫉妒,因为他懂得人生的限度,这时候他几乎像一位神一样俯视人类,而在神的眼里,人类有什么成功伟大得足以使他嫉妒呢?一个看破了一切成功之限度的人是不会夸耀自己的成功,也不会嫉妒他人的成功的。

## 五

对于一颗高傲的心来说,莫大的屈辱不是遭人嫉妒,而是嫉妒别人,因为这种情绪向他暴露了一个他最不愿承认的事实:他自卑了。

## 六

对于别人的成功,我们在两种情形下愿意宽容。一是当这种成功是我们既有能力也有机会获得的,而我们却并不想去获得,这时我们仿佛站在这种成功之上,有了一种优越感。另一是当这种成功是我们既没有能力也没有机会获得的,我们因此也就不会想去获得,这时我们仿佛站得离这种成功太远,有了一种淡漠感。

倘若别人的成功是我们有能力却没有机会获得的,或者有机会却没有能力获得的,我们当警惕,因为嫉妒这个恶魔要趁虚而入了。

## 七

当我们缺少一样必需的东西时,我们痛苦了。当我们渴求一样并非必需的东西而不可得时,我们十倍地痛苦了。当我们不可得而别人却得到了时,我们百倍地痛苦了。

就所给予我们的折磨而言,嫉妒心最甚,占有欲次之,匮乏反倒是最小的。

## 八

嫉妒是对别人的快乐(幸福、富有、成功等等)所感觉到的一种强烈而阴郁的不快。

在人类心理中,也许没有比嫉妒更奇怪的感情了。一方面,它极其普遍,几乎是人所共有的一种本能。另一方面,它又似乎极不光彩,人人都要把它当做一桩不可告人的罪行隐藏起来。结果,它便转入潜意识之中,犹如一团暗火灼烫着嫉妒者的心,这种酷烈的折磨真可以使他发疯、犯罪乃至杀人。

## 九

成功有两个要素:一是能力和品质,二是环境和机遇。因此,对成功者的嫉妒也相应有两种情况:一是平庸之辈的嫉贤妒能,另一是怀才不遇者的愤世嫉俗。

## 十

当嫉妒不可遏止时,会爆发为仇恨。当嫉妒可以遏止时,会化身为轻蔑。

在仇恨时,嫉妒肆无忌惮地瞪视它的目标。在轻蔑时,嫉妒转过脸去不看它的目标。

## 十一

嫉妒是蔑视个人的道德的心理根源之一。每一个人按其本性都是不愿意遭到抹杀的,但是,嫉妒使人宁肯自己被抹杀也不让更优秀者得到发扬。在一概抹杀之中,他感到一种相对的满足:与损失更大的人相比,他几乎可以算是获利了。

## 十二

既然嫉妒人皆难免,也许就不宜把它看作病或者恶,而应该看作中性的东西。只有当它伤害自己时,它才是病。只有当它伤害别人时,它才是恶。

## 十三

一个精神上自足的人是不会羡慕别人的好运气的,尤其不羡慕低能儿的好运气。

## 十四

我所厌恶的人,如果不肯下地狱,就让他们上天堂吧,只要不在我眼前就行。

我的嫉妒也有洁癖。我绝不会嫉妒我所厌恶的人,哪怕他们在天堂享福。

# 论 自 卑

## 一

有两种自卑。一种是面对上帝的自卑,这种人心怀对于无限的敬畏和谦卑之情,深知人类一切成就的局限,在任何情况下不会忘乎所以,不会狂妄。另一种是面对他人的自卑,这种人很在乎在才智、能力、事功或任何他所看重的方面同别人比较,崇拜强者,相应地也就藐视弱者,因此自卑很容易转变为自大。

也许有人会说,前一种自卑者骨子里其实最骄傲,因为他只敬畏上帝,而这就意味着看不起一切凡人。

然而事实是,既然他明白自己也是凡人,他就不会看不起别的凡人。只是由于他深知人类的局限,他对别人的成就只会欣赏,不会崇拜,对别人的弱点倒是很容易宽容。总之,他不把人当做神,所以对人不迷信也不苛求,不卑也不亢。

## 二

我信任自卑者远远超过信任自信者。

据我所见,自卑者多是两个极端。其一的确是弱者,并且知道自己的弱,于是自卑。这种人至少有自知之明,因而值得我们尊重。其二是具有某种异常天赋的人,他隐约感觉到却不敢相信自己有这样的天赋,于是自卑。这种人往往极其敏感,容易受挫乃至夭折,其幸运者则会成为成功的天才。

相反,我所见到的过于自信者多半是一些浅薄的家伙,他们虽不低能但也绝非大才,大抵属于中等水平,但由于目标过低,便使他们自视过高,露出了一副踌躇满志的嘴脸。我说他们目标过低,是在精神层次的意义上说的。凡狂妄自大者,其所追逐和所夸耀的成功必是功利性的。在有着崇高的精神追求的人中间,我不曾发现过哪怕一个自鸣得意之辈。

## 三

一般而言,性格内向者容易自卑,性格外向者容易自信。不过,事实上,这种区分只具有非常相对的性质。在同一个人身上,自卑和自信往往同时并存,交替出现,乃至激烈格斗。也许最有力量的东西反而埋藏得最深。当我在哀怜苍生的面容背后发现一种大自信,在扭转乾坤的手势上读出一种大自卑,我的心不禁震惊了。

## 四

自卑、谦虚、谦恭之间有着重要的区别。在谦虚的风度和谦恭的姿态背后,我们很难找到自卑。毋宁说,谦虚是自信以本来面目坦然出场,谦恭则是自信戴着自卑的面具出场。

## 五

按照通常的看法,自卑是一种病态心理,自信则是一种健康心态,或者,自卑是一种消极的生活态度,自信则是一种积极的生活态度。我想指出的是,自卑也有其正面的价值,自信也有其负面的作用。

我丝毫不否认自信在生活中有着积极的用处。一个人在处世和做事时必须具备基本的自信,否则绝无奋斗的勇气和成功的希望。但是,倘若一个人从来不曾有过自卑的时候,则我敢断定他的奋斗是比较平庸的,他的成功是比较渺小的。

也许可以说,自卑的价值是形而上的,自信的用处是形而下的。

## 六

的确,我曾说过,一切成功的天才之内心都隐藏着某种自卑。可是,倘若有人因此而要把自卑列入成功之道,向世人推荐,则我对他完全无话可说。如果非说不可,我也只能告诉他两个最简单的道理:

其一,人可以培养自信,却无法培养自卑;

其二,就世俗的成功而言,自信肯定比自卑有用得多。

那么,你去教导世人如何培养自信吧——这正是你一向所做的。

## 七

两种人最自信:无所不知者和一无所知者。后者的那份狂热自信有时真会动摇我们自己的原本就不坚定的自信,使我们胆怯地以为又遇到了一个无所不知者。

## 八

事实上,许多伟大的天才并非天性自信的人,相反倒有几分自卑,他们知道自己的弱点,为这弱点而苦恼,不肯毁于这弱点,于是奋起自强,反而有了令一般人吃惊的业绩。

## 九

极其自信者多半浅薄。对于那些在言行中表现出大使命感的人,我怀有本能的反感,一律敬而远之。据我分析,他们基本上属于两类人:一是尚未得逞的精神暴君,另一是有强烈角色感的社会戏子。和他们打交道,只会使我感到疲劳和无聊。

在我看来,真正的使命感无非是对自己选定并且正在从事的工作的一种热爱罢了。遇见这样的人,我的血缘本能就会把他们认作我的亲兄弟。

## 十

你们围着他,向他喝彩,他惶恐不安了。你们哪里知道他心中的自卑,他的成就只是做出来给自己看的,绝没有料到会惊动你们。

## 十一

人应该有一种基本的自信,就是做人的自信,作为人类平等一员的自信。在专制政治下,人们的这种自信必然遭到普遍的摧毁。当所有的人都被迫跪下的时候,那惟一站着的人就成了神。

在日常生活中,当一个人在某方面——例如权力、财产、知识、相貌等——处于弱势状态时,常常也会产生自卑心理。但是,只要你拥有做人的基本自信,你就比较容易克服这类局部的自卑,依然坦荡地站立在世界上。

# 论吝啬

## 一

吝啬者对于财产的任何支出都会感觉到一种近于生理性质的痛苦,这几乎是他的一种本能,他再富裕也难以克服这种本能。因此,财产不但不能给他带来真正的快乐,相反,财产越多,支出的机会也越多,他反而感觉到了更多的痛苦。

## 二

同样的财产损失,对不同的人的伤害是不同的。在有一些人,只要不危及正常的生活,他们就很容易轻忘,不会挂在心上。在那些重财的人,却会念念不忘,不断在心里计算自己的损失,于是一遍遍地重复品尝财产损失的痛苦,把那痛苦扩大了许多倍。

## 三

人的吝啬之心只有一把小尺子,它面对大价钱往往无能为力,却偏喜欢在小价钱上斤斤计较。因此,即使一个从来大方的人,在菜市场上也难免会讨价还价。

## 四

对己节俭、对人吝啬的人是守财奴,对己挥霍、对人吝啬的人是利己主义者,对己挥霍、对人慷慨的人是豪侠,对己节俭、对人慷慨的人是圣徒。

## 五

某人买衣服,因为不同尺寸的衣服价格都一样,他怕吃亏,总是买最大尺寸的,结果收藏了一大堆过大而不能穿的衣服。

## 六

"拿自己用不着的东西做人情,我们是十分慷慨的。"某位智者如是说。——这算好的呢。有些人是这样的:即使自己用不着,如果你很需要,他也不肯给你。因为,一、如果有一天他用得着了怎么办?这是出于吝啬。二、他嫉妒你由此得到的满足和快乐。

## 七

一个看重钱的人,挣钱和花钱都是烦恼,他的心被钱占据,没有给快乐留下多少余地了。天下真正快乐的人,不管他钱多钱少,都必是超脱金钱的人。

# 论 名 声

## 一

很少有人真心蔑视名声。一个有才华的人蔑视名声有两种情况:一是他没有得到他自认为应该得到的名声,他用蔑视表示他的愤懑;一是他已经得到名声并且习以为常了,他用蔑视表示他的不在乎。真的不在乎吗?好吧,试着让他失去名声,重新被人遗忘,他就很快又会愤懑了。

## 二

我们喜欢听赞扬要大大超过我们自己愿意承认的程度,尤其是在那些我们自己重视的事情上。在这方面,我们的趣味很不挑剔,证据是对我们明知言过其实的赞扬,我们也常常怀着感谢之心当做一种善意接受下来。我们不忍心把赞扬我们的人想得太坏,就像不放心把责备我们的人想得太好一样。

## 三

无论是见名人,尤其是名人意识强烈的名人,还是被人当做名人见,都是最不舒服的事情。在这两种情形下,我的自由都受到了威胁。

## 四

无论什么时候,这个世界绝不会缺少名人。一些名人被遗忘了,另一些名人又会被捧起来。剧目换了,演员跟着换。哪怕观众走空,舞台绝不会空。

当然,名人和伟人是两码事,就像登台表演未必便是艺术家。

## 五

有两类名人。一类是因为写出了名著,拍出了名片,或者立下了别的著名的功绩,遂成名人。另一类是因为在公众面前频频露面,遂成名人。两者当然不可同日而语。为了加以区分,可把后者统称为明星。我们时代最可笑的误解之一便是,以为只要成了明星,写出的书就一定是名著。

## 六

煊赫的名声是有威慑力的,甚至对才华横溢如海涅者也是如此。一旦走近名人身旁,他所必有的普通人的外观就会使人松一口气。同时,如果这位名人确是伟人,晋见者将会发现,乍见面就同他谈论伟大的事物该显得多么不自量力。于是海涅谈起了李子的味道。歌德含笑不语,因为他明察海涅此举乃出于放松和紧张双重原因,这个老滑头!

## 七

  我早就养成了自主学习和工作的习惯,区别只在于,从前这遭到非议,现在却给我带来了名声,可见名声是多么表面的东西。如果没有这些名声,我就会停止我的工作了吗?当然不。这种为自己工作的习惯已经成为我的人格的一部分,把它除去,我倒真的就不是我了。

在重庆经典书店，2005.

《善良·丰富·高贵》书影，2007.

# 论 舆 论

## 一

舆论对于一个人的意义取决于这个人自身的素质。对于一个优秀者来说,舆论不过是他所蔑视的那些人的意见,他对这些意见也同样持蔑视的态度。只要他站得足够高,舆论便只是脚下很远的地方传来的轻微的噪音,绝不会对他构成真正的困扰。惟有与舆论同质的俗人才会被舆论所支配,因为作为俗人之见,舆论同时也是他们自己的意见,是他们不能不看重的。

## 二

舆论是多数人的意见,并且仅对多数人具有支配的力量。当然,多数人也很想用舆论来支配少数人,禁止少数人的不同意见。但是,如果不是辅之以强权,舆论便无此种力量。一个优秀者面对强权也可能有所顾忌,这是可以理解的。撇开这种情形不谈,倘若他对舆论本身也十分在乎,那么,我们就必须对他的优秀表示怀疑,因为他内心深处很可能是认同多数人的意见而并没有自己的独立见解的。

## 三

"走自己的路,让他们去说吧!"——因为他们反正是要说的!你的幸与不幸并不关他们的痛痒,他们不过是拿来做茶余饭后的谈资罢了。所以,你完全不必理会他们,尤其在关涉你自身命运的问题上要自己拿主意。须知你不是为他们活着,至少不是为他们茶余饭后的闲谈活着。

## 四

谗言伤人,谣言杀人,谀词求宠,谏词招祸。查一下以言为部首的中国字吧,语言的名堂可真不少。中国人是深知语言的厉害的,所以有"一言兴邦"、"一言危邦"、"人言可畏"之说。有时候,语言决定着民族、个人的命运。语言甚至预定了人类的生存方式。我不禁想,假如没有语言,人间可省去多少事。可惜的是,没有语言,人也不成其为人了。

禽兽的世界倒是单纯。倘若禽兽有朝一日学会说话,造谣、拍马、吹捧、辱骂之事恐怕会接踵而至,它们也就单纯不下去了。

## 五

舆论是最不留情的,同时又是最容易受愚弄的。于是,有的人被舆论杀死,又有的人靠舆论获利。

## 六

对于新的真理的发现者,新的信仰的建立者,舆论是最不肯宽容的。如果你只是独善其身,自行其是,它就嘲笑你的智力,把你说成一个头脑不正常的疯子或呆子,一个行为乖僻的怪人。如果你试图兼善天下,普度众生,它就要诽谤你的品德,把你说成一个心术不正、妖言惑众的妖人、恶人、罪人了。

## 七

常识的二重性:当常识单独行动时,往往包含正确的本能;一旦它们聚集为一种团体的力量,就会变成传统的偏见。

# 论 人 性

## 一

贬低人的动物性也许是文化的偏见,动物状态也许是人所能达到的最单纯的状态。

## 二

当我们被人诬蔑,加以莫须有的罪名时,我们愤怒了。当我们被人击中要害,指出确实有的污点时,我们更加愤怒了。

## 三

假如你平白无故地每月给某人一笔惠赠,开始时他会惊讶,渐渐地,他习惯了,视为当然了。然后,有一回,你减少了惠赠的数目,他会怎么样呢?他会怨恨你。

假如你平白无故地每月向某人敲一笔竹杠,开始时他会气愤,渐渐地,他也习惯了,视为当然了。然后,有一回,你减少了勒索的数目,他会怎么样呢?他会感激你。

这个例子说明了人类感激和怨恨的全部心理学。

## 四

厌恶比爱更加属于一个人的本质。人们在爱的问题上可能自欺,向自己隐瞒利益的动机,或者相反,把道德的激情误认作爱。厌恶却近乎是一种本能,其力量足以冲破一切利益和道德的防线。

## 五

最能使人从一种爱恋或怀念中摆脱出来的东西是轻蔑。当你无意中发现那个你所爱恋或怀念的人做了一件让你真正瞧不起的事情,那么好了,你在失望的同时也就解脱了,那些在记忆中一直翠绿诱人的往事突然褪色凋谢了。

## 六

每一个人的长处和短处是同一枚钱币的两面,就看你把哪一面翻了出来。换一种说法,就每一个人的潜质而言,本无所谓短长,短长是运用的结果,用得好就是长处,用得不好就成了短处。

## 七

事实上,绝大多数人的潜能有太多未被发现和运用。由于环境的逼迫、利益的驱使或自身的懒惰,人们往往过早地定型了,把偶然形成的一条窄缝当成了自己的生命之路,只让潜能中极小一部分从那里释放,绝大部分遭到了弃置。人们是怎样轻轻慢地亏待自己只有一次的生命啊！

## 八

也许，人是很难真正改变的，内核的东西早已形成，只是在不同的场景中呈现不同的形态，场景的变化反而证明了内核的坚固。

## 九

一个仗义施财的人，如果他被窃，仍然会感到不快。这不快不是来自损失本身，而是来自他的损失缺乏一个正当的理由。可见人是一种把理由看得比事情本身更重要的动物。

## 十

人永远是孩子，谁也长不大，有的保留着孩子的心灵，有的保留着孩子的脑筋。谁也不相信自己明天会死，人生的路不知不觉走到了尽头，到头来不是老天真，就是老糊涂。

## 十一

一个人对于人性有了足够的理解，他看人包括看自己的眼光就会变得既深刻又宽容，在这样的眼光下，一切隐私都可以还原成普遍的人性现象，一切个人经历都可以转化成心灵的财富。

## 十二

有时候,我们需要站到云雾上来俯视一下自己和自己周围的人们,这样,我们对己对人都不会太苛求了。

## 十三

在人身上,弱点与尊严并非不相容的,也许尊严更多地体现在对必不可免的弱点的承受上。

## 十四

有时候,我会对人这种小动物忽然生出一种古怪的怜爱之情。他们像别的动物一样出生和死亡,可是有着一些别的动物无法想象的行为和嗜好。其中,最特别的是两样东西:货币和文字。这两样东西在养育他们的自然中一丁点儿根据也找不到,却使多少人迷恋了一辈子,一些人热衷于摆弄和积聚货币,另一些人热衷于摆弄和积聚文字。由自然的眼光看,那副热衷的劲头是同样可笑的!

## 十五

人渴望完美而不可得,这种痛苦如何才能解除?

我答道:这种痛苦本身就包含在完美之中,把它解除了反而不完美了。

我心中想:这么一想,痛苦也就解除了。接着又想:完美也失去了。

# 论 幽 默

## 一

　　幽默是凡人而暂时具备了神的眼光,这眼光有解放心灵的作用,使人得以看清世间一切事情的相对性质,从而显示了一切执著态度的可笑。

　　有两类幽默最值得一提。一是面对各种偶像尤其是道德偶像的幽默,它使偶像的庄严在哄笑中化作笑料。然而,比它更伟大的是面对命运的幽默,这时人不再是与地上的假神开玩笑,而是直接与天神开玩笑。一个在最悲惨的厄运和苦难中仍不失幽默感的人的确是更有神性的,他借此而站到了自己的命运之上,并以此方式与命运达成了和解。

## 二

　　幽默是心灵的微笑。最深刻的幽默是一颗受了致命伤的心灵发出的微笑。

　　受伤后衰竭、麻木、怨恨,这样的心灵与幽默无缘。幽默是受伤的心灵发出的健康、机智、宽容的微笑。

## 三

幽默是一种轻松的深刻。面对严肃的肤浅,深刻露出了玩世不恭的微笑。

## 四

幽默是智慧的表情,它教不会,学不了。有一本杂志声称它能教人幽默,从而轻松地生活。我不曾见过比这更缺乏幽默感的事情。

## 五

幽默是对生活的一种哲学式态度,它要求与生活保持一个距离,暂时以局外人的眼光来发现和揶揄生活中的缺陷。毋宁说,人这时成了一个神,他通过对人生缺陷的戏侮而暂时摆脱了这缺陷。

也许正由于此,女人不善幽默,因为女人是与生活打成一片的,不易拉开幽默所必需的距离。

## 六

有超脱才有幽默。在批评一个无能的政府时,聪明的政客至多能讽刺,老百姓却很善于幽默,因为前者觊觎着权力,后者则完全置身在权力斗争之外。

## 七

　　自嘲就是居高临下地看待自己的弱点，从而加以宽容。自嘲把自嘲者和他的弱点分离开来了，这时他仿佛站到了神的地位上，俯视那个有弱点的凡胎肉身，用笑声表达自己凌驾其上的优越感。

　　但是，自嘲者同时又明白并且承认，他终究不是神，那弱点确实是他自己的弱点。

　　所以，自嘲混合了优越感和无奈感。

## 八

　　自嘲使自嘲者居于自己之上，从而也居于自己的敌手之上，占据了一个优势的地位。自嘲使敌手的一切可能的嘲笑丧失了杀伤力。

## 九

　　傻瓜从不自嘲。聪明人嘲笑自己的失误。天才不仅嘲笑自己的失误，而且嘲笑自己的成功。看不出人间一切成功的可笑的人，终究还是站得不够高。

## 十

　　爱智慧的人往往会情不自禁地欣赏敌手的聪明的议论，即使听到骂自己的俏皮话也会宽怀一笑。

　　但世上多的是相反类型的人，他们在争论中只看见意见，只想到面子，对智慧的东西毫无反应。

# 论 世 态

## 一

在自由竞争状态,自然选择淘汰了劣者。在专制状态,人工选择淘汰了优者。惟有平庸者永远幸免,有最耐久的生命力。

## 二

人们都以悲剧为可怖,喜剧为可怜,殊不知世上还有比悲剧更可怖的喜剧,比喜剧更可怜的悲剧。

## 三

主说,富人进天堂比骆驼钻针眼还难。我听见富人狂笑着答道:主啊,没有一只骆驼想要钻针眼,没有一个富人想要进天堂!

## 四

竖子成名,遂使世无英雄。

## 五

秀才遇见秀才,可以说理。兵遇见兵,不妨比武。秀才遇见兵的尴尬在于,兵绝不跟秀才说理,秀才却不得不跟兵比武。

## 六

遇到那些愚昧、蛮横的恶人时,我不禁想:贵族主义是对的!

## 七

有精神洁癖的人在污蔑面前最缺乏自卫能力。平时他不屑于防人,因为他觉得防人之心也玷污了自己精神上的清白。一旦污水泼来,他又不屑于洗刷,他的洁癖使他不肯触碰污水,哪怕这污水此刻就在他自己身上,于是他只好怀着厌恶之心忍受。

## 八

陀思妥耶夫斯基曾经谈道:和崇高的灵魂周旋,奸人总是好脱身的,因为前者很容易受骗,一旦发觉,也仅限于表示高贵的鄙夷,而并不诉诸惩罚。

我相信,这样一种经验,是每一个稍有教养的人所熟悉的。轻信和宽容,是崇高的灵魂最容易犯的错误。轻信,是因为以己度人,不相信人性会那样坏。宽容,倒不全是因为胸怀宽阔,更多地是因为一种精神上的洁癖,不屑于同奸人纠缠,不愿意让这种太近的接触污染了自己的环境和心境。

这并不意味着崇高的灵魂缺乏战斗性。一颗真正崇高的灵魂，其战斗性往往表现在更加广阔的战场和更加重大的题材上。如果根本的正义感受到触犯，他战斗起来必是义无返顾的。

## 九

长舌妇的特点是对他人的隐私怀有异乎寻常的兴趣，而做起结论来则极端的不负责任。

## 十

小市民聚在一起，最喜欢谈论的是两件事：一是别人的不幸，还啧啧地叹息着，以表示自己的善良；另一是别人的走运，还指指戳戳地评论着，以表示自己的正直。他们之热中于"同情"他人的痛苦，与他们之热中于嫉妒他人的幸福，其实是同一份德性的两种表现。

## 十一

怨恨者的爱是有毒的，吞食这爱的人必呕吐。

## 十二

有一种人的灵魂装有扩音器，每一种声响都夸大许多倍地播放出来，扰乱世界和邻人的安宁。于是他们自以为拥有一颗多么动荡不安、多么丰富的灵魂了。

## 十三

牛顿说自己是站在巨人肩膀上的人,这话说得既自豪又谦虚,他以这种方式表达了一位巨人对于被自己超过了的前辈的尊敬。

倘若这话从一个寄生在巨人身上的侏儒口中说出,就只能令人啼笑皆非了。

## 十四

他永远在沉思,但人们从来不曾听见他发表过什么思想。

## 十五

她没有肉体,也没有灵魂,可是她有事业!

## 十六

有一种人,活着只有一个目的,就是在大庭广众之中引人注意。不拘用什么手段,包括用最高的嗓门说出最蠢的话,只要被注意了,他就得意洋洋,觉得自己是个人物了。

今日文坛上也多这种人。

# 论 处 世

## 一

尽量不动感情,作为一个认识者面对一切纷扰,包括针对你的纷扰,这可以使你占据一个优越的地位。这时候,那些本来使你深感屈辱的不公正行为都变成了供你认识的材料,从而减轻了它们对你的杀伤力。

## 二

一本浅薄的书,往往只要翻几页就可以察知它的浅薄。一本深刻的书,却多半要在仔细读完了以后才能领会它的深刻。

一个平庸的人,往往只要谈几句话就可以断定他的平庸。一个伟大的人,却多半要在长期观察了以后才能确信他的伟大。

我们凭直觉可以避开最差的东西,凭耐心和经验才能得到最好的东西。

## 三

有时候,最艰难、最痛苦的事情是做决定。一旦做出,便只要硬着头皮执行就可以了。

## 四

不要出于同情心而委派一个人去做他很想做的可是力不能及的事,因为任人不是慈善事业,我们可以施舍钱财,却无法施舍才能。

## 五

看透大事者超脱,看不透大事者执著。看透小事者豁达,看不透小事者计较。

一个人可能超脱而计较,头脑开阔而心胸狭窄;也可能执著而豁达,头脑简单而心胸开朗。

## 六

在较量中,情绪激动的一方必居于劣势。

## 七

假如某人暗中对你做了坏事,你最好佯装不知。否则,只会增加他对于你的敌意。他因为推测到你会恨他而愈益恨你了。

## 八

人生中的有些错误也许是不应当去纠正的,一纠正便犯了新的、也许更严重的错误。

肖像，林铭述摄，2006.

和女儿在书房里，《父母》杂志记者摄，2007.

## 九

失败者的自尊在于不接受施舍,成功者的自尊在于不以施主自居。

## 十

把自己的缺点变成根据地。

# 论 孤 独

## 一

孤独是人的宿命,它基于这样一个事实:我们每个人都是这世界上一个旋生旋灭的偶然存在,从无中来,又要回到无中去,没有任何人任何事情能够改变我们的这个命运。

是的,甚至连爱也不能。凡是领悟人生这样一种根本性孤独的人,便已经站到了一切人间欢爱的上方,爱得最热烈时也不会做爱的奴隶。

## 二

你与你的亲人、友人、熟人、同时代人一起穿过岁月,你看见他们在你的周围成长和衰老。可是,你自己依然是在孤独中成长和衰老的,你的每一个生命年代仅仅属于你,你必须独自承担岁月在你的心灵上和身体上的刻痕。

## 三

孤独中有大快乐,沟通中也有大快乐,两者都属于灵魂。一颗灵魂发现、欣赏、享受自己所拥有的财富,这是孤独的快乐。

如果这财富也被另一颗灵魂发现了,便有了沟通的快乐。所以,前提是灵魂的富有。对于灵魂空虚之辈,不足以言这两种快乐。

## 四

一颗平庸的灵魂,并无值得别人理解的内涵,因而也不会感受到真正的孤独。孤独是一颗值得理解的心灵寻求理解而不可得,它是悲剧性的。无聊是一颗空虚的心灵寻求消遣而不可得,它是喜剧性的。寂寞是寻求普通的人间温暖而不可得,它是中性的。然而,人们往往将它们混淆,甚至以无聊冒充孤独……

"我孤独了。"啊,你配吗?

## 五

惟有在孤独中,人的灵魂才能与上帝、与神秘、与无限相遇。正如托尔斯泰所说,在交往中,人面对的是部分和人群;在独处时,人面对的是整体和万物之源。这种面对整体和万物之源的体验,便是一种广义的宗教体验。

今日的许多教徒其实并没有真正的宗教体验,一个确凿的证据是,他们不是在孤独中,而必须是在寺庙和教堂里,在一种实质上是公众场合的仪式中,方能领会一点宗教的感觉。然而,这种所谓的宗教感,与始祖们在孤独中感悟的境界已经风马牛不相及了。

真正的宗教体验把人超拔出俗世琐事,倘若一个人一生中从来没有过类似的体验,他的精神视野就未免狭隘。尤其是对于一个思想家来说,这肯定是一种精神上的缺陷。

## 六

有两种孤独。

灵魂寻找自己的来源和归宿而不可得,感到自己是茫茫宇宙中的一个没有根据的偶然性,这是绝对的、形而上的、哲学性质的孤独。灵魂寻找另一颗灵魂而不可得,感到自己是人世间的一个没有旅伴的漂泊者,这是相对的、形而下的、社会性质的孤独。

前一种孤独使人走向上帝和神圣的爱,或者遁入空门。后一种孤独使人走向他人和人间的爱,或者陷入自恋。

一切人间的爱都不能解除形而上的孤独。然而,谁若怀着形而上的孤独,人间的爱在他眼里就有了一种形而上的深度。当他爱一个人时,他心中会充满佛一样的大悲悯。在他所爱的人身上,他又会发现神的影子。

## 七

孤独源于爱,无爱的人不会孤独。

也许孤独是爱的最意味深长的赠品,受此赠礼的人从此学会了爱自己,也学会了理解别的孤独的灵魂和深藏于它们之中的深邃的爱,从而为自己建立了一个珍贵的精神世界。

## 八

生命纯属偶然,所以每个生命都要依恋另一个生命,相依为命,结伴而行。

生命纯属偶然,所以每个生命都不属于另一个生命,像一阵风,无牵无挂。

每一个问题至少有两个相反的答案。

## 九

当一个孤独寻找另一个孤独时,便有了爱的欲望。可是,两个孤独到了一起就能够摆脱孤独了吗?

孤独之不可消除,使爱成了永无止境的寻求。在这条无尽的道路上奔走的人,最终就会看破小爱的限度,而寻求大爱,或者——超越一切爱,而达于无爱。

## 十

生命与生命之间的互相吸引。我设想,在一个绝对荒芜、没有生命的星球上,一个活人即使看见一只苍蝇,或一只老虎,也会发生亲切之感的。

## 十一

给人带来最大快乐的是人,给人带来最大痛苦的也是人。

## 十二

人这脆弱的芦苇是需要把另一支芦苇想象成自己的根的。

# 论 两 性

## 一

　　我爱美丽的肉体。然而,使肉体美丽的是灵魂。如果没有灵魂,肉体只是一块物质,它也许匀称、丰满、白皙,但不可能美丽。
　　我爱自由的灵魂。然而,灵魂要享受它的自由,必须依靠肉体。如果没有肉体,灵魂只是一个幽灵,它不再能读书,听音乐,看风景,不再能与另一颗灵魂相爱,不再有生命的激情和欢乐。
　　所以,我真正爱的灵与肉的奇妙结合。正是在这结合中,灵魂和肉体实现了各自的价值。

## 二

　　性是生命之门,上帝用它向人喻示了生命的卑贱和伟大。

## 三

　　在创世第六天,上帝的灵感达于顶峰,创造了最奇妙的作品——男人和女人。然而,这些被造物今天却陷入了无聊的争论,热中于评判哪一性更优秀。人们怎么看不到,上帝的杰作不是单独的某一性,而正是两性的差异,这差异里倾注了造物主的全部奇思妙想。一个领会了上帝的灵感的人才不理睬这种争论呢,他宁愿把两性的差异本身当做神的礼物,怀着感恩之心来欣赏和享用。

## 四

在一定意义上,最优秀的男女都是雌雄同体的,既赋有本性别的鲜明特征,又巧妙地糅进了另一性别的优点。大自然仿佛要通过他们来显示自己的最高目的——阴与阳的统一。

## 五

只用色情眼光看女人,近于无耻。但身为男人,看女人的眼光就不可能完全不含色情。我想不出在滤尽色情的中性男人眼里,女人该是什么样子。

## 六

"女人用心灵思考,男人用头脑思考。"
"不对。女人用肉体思考。"
"那么男人呢?"
"男人用女人的肉体思考。"

## 七

女人有一千种眼泪,男人只有一种。女人流泪给男人看、给女人看、给自己看,男人流泪给上帝看。女人流泪是期望、是自怜自爱,男人流泪是绝望、是自暴自弃。

上帝保佑我不要看见男人流女人的眼泪。上帝保佑我更不要看见男人流男人的眼泪。

## 八

男人凭理智思考，凭感情行动。女人凭感情思考，凭理智行动。所以，在思考时，男人指导女人；在行动时，女人支配男人。

## 九

女人总是把大道理扯成小事情。男人总是把小事情扯成大道理。

## 十

两性之间，只隔着一张纸。这张纸是不透明的，在纸的两边，彼此高深莫测。但是，这张纸又是一捅就破的，一旦捅破，彼此之间就再也没有秘密了。

## 十一

男人通过征服世界而征服女人，女人通过征服男人而征服世界。

## 十二

男人与女人之间有什么是非可说？只有选择。你选择了谁，你就和谁放弃了是非的评说。

## 十三

普天下男人聚集在一起,也不能给女人下一个完整的定义。反之也一样。

男女关系是一个永无止境的试验。

## 十四

对于异性的评价,在接触之前,最易受幻想的支配;在接触之后,最易受遭遇的支配。

其实,并没有男人和女人,只有这一个男人或这一个女人。

## 十五

女人对于男人,男人对于女人,都不要轻言看透。你所看透的,至多是某几个男人或某几个女人,他们的缺点别有来源,不该加罪于性别。

## 十六

一个男人同别的女人调情,这是十分正常也十分平常的。如果他同自己的老婆调情,则或者是极不正常的——肉麻,或者是极不平常的——婚后爱情新鲜如初的动人显现。

## 十七

在夫妇或情人之间,恩爱与争吵的混合,大约谁也避免不了。区别只在：一、两者的质量，有刻骨铭心的恩爱，也有表层的恩爱；有伤筋动骨的争吵，也有挠痒式的争吵。二、两者的比例。不过，情形很复杂，有时候大恩爱会伴随着大争吵，恩爱到了极致又会平息一切争吵。

## 十八

两性之间的情感或超过友谊，或低于友谊，所以异性友谊是困难的。在这里正好用得上"过犹不及"这句成语——"过"是自然倾向，"不及"是必然结果。

## 十九

食欲引起初级革命，性欲引起高级革命。

## 二十

人在爱情中自愿放弃意志自由，在婚姻中被迫放弃意志自由。性是意志自由的天敌吗？

## 二十一

对于男人来说，一个美貌的独身女子总归是极大的诱惑。如果她已经身有所属，诱惑就会减小一些。如果她已经身心都有所属，诱惑就荡然无存了。

一个男人和一个女人要彼此以性别对待，前提是他们之间存在着发生亲密关系的可能性，哪怕他们永远不去实现这种可能性。

# 论 女 人

## 一

在这个世界上,惟有孩子和女人最能使我真实,最能使我眷恋人生。

## 二

也许,男人是没救的。一个好女人并不自以为能够拯救男人,她只是用歌声、笑容和眼泪来安慰男人。她的爱鼓励男人自救,或者,坦然走向毁灭。

## 三

好女人能刺激起男人的野心,最好的女人却还能抚平男人的野心。

## 四

痴心女子把爱当做宗教,男子是她崇拜的偶像。风流女子把爱当做艺术,男子是她诱惑的对象。二者难以并存。集二者于一身,既怀一腔痴情,又解万种风情,此种情人自是妙不可言,势不可挡。那个同时受着崇拜和诱惑的男子有福了,或者——有危险了。

## 五

在男人心目中,那种既痴情又知趣的女人才是理想的情人。痴情,他得到了爱。知趣,他得到了自由。可见男人多么自私。

## 六

美自视甚高,漂亮女子往往矜持。美不甘寂寞,漂亮女子往往风流。这两种因素相混合又相制约,即成魅力。一味矜持的冷美人,或者十足风流的荡妇,便无此等魅力。

## 七

男人期待于女人的并非她是一位艺术家,而是她本身是一件艺术品。她会不会写诗无所谓,只要她自己就是大自然创造的一首充满灵感的诗。

当然,女诗人和女权主义者听到这意见是要愤慨的。

## 八

女人搞哲学,对于女人和哲学两方面都是损害。

老天知道,我这样说,是因为我多么爱女人,也多么爱哲学!

## 九

女子乍有了心上人,心情极缠绵曲折:思念中夹着怨嗔,急切中夹着羞怯,甜蜜中夹着苦恼。一般男子很难体察其中奥秘,因为缺乏细心,或者耐心。

## 十

一种女人向人展示痛苦只是为了寻求同情,另一种女人向人展示痛苦却是为了进行诱惑。对于后者,痛苦是一种装饰。

## 十一

你占有一个女人的肉体乃是一种无礼,以后你不再去占有却是一种更可怕的无礼。前者只是侵犯了她的羞耻心,后者却侵犯了她的自尊心。

肉体是一种使女人既感到自卑、又感到骄傲的东西。

## 十二

自古多痴情女、薄情郎。但女人未必都是弱者,有的女人是用软弱武装起来的强者。

## 十三

侵犯女人的是男人,保护女人的也是男人。女人防备男人,又依赖男人,于是有了双重的自卑。

## 十四

大自然把生命孕育和演化的神秘过程安置在女性身体中,此举非同小可,男人当知敬畏。

## 十五

看见一个美丽的女人,你怦然心动。你目送她楚楚动人地走出你的视野,她不知道你的心动,你也没有想要让她知道。你觉得这是最好的:把欢喜留在心中,让女人成为你的人生中的一种风景。

## 十六

歌德说:美人只在瞬间是美的。我想换一种比较宽容的说法:任何美人都有不美的瞬间。

## 十七

酒吧,歌厅,豪华商场,形形色色的现代娱乐场所。这么多漂亮女人。可是,她们是多么相像啊!我看到了一张张像屁股一样的脸蛋,当然是漂亮的屁股,但没有内容。此时此刻,我的爱美的天性渴望看到一张丑而有内容的脸,例如罗丹雕塑的那个满脸皱纹的老妓女。

## 十八

不纯净的美使人迷乱,纯净的美使人宁静。

女人身上兼有这两种美。所以,男人在女人怀里癫狂,又在女人怀里得到安息。

女人作为母亲,最接近大自然。大自然的美总是纯净的。

# 论 爱 情

## 一

一切终将黯淡,惟有被爱的目光镀过金的日子在岁月的深谷里永远闪着光芒。

## 二

心与心之间的距离是最近的,也是最远的。

到世上来一趟,为不多的几颗心灵所吸引、所陶醉,来不及满足,也来不及厌倦,又匆匆离去,把一点迷惘留在世上。

## 三

爱情与事业,人生的两大追求,其实质为一,均是自我确认的方式。爱情是通过某一异性的承认来确认自身的价值,事业是通过社会的承认来确认自身的价值。

## 四

爱的价值在于它自身,而不在于它的结果。结果可能不幸,可能幸福,但永远不会最不幸和最幸福。在爱的过程中间,才会有"最"的体验和想象。

## 五

性爱是人生之爱的原动力。一个完全不爱异性的人不可能爱人生。

## 六

给爱情划界时不妨宽容一些,以便为人生种种美好的遭遇保留怀念的权利。

让我们承认,无论短暂的邂逅,还是长久的纠缠;无论相识恨晚的无奈,还是终成眷属的有情;无论倾注了巨大激情的冲突,还是伴随着细小争吵的和谐——这一切都是爱情。每个活生生的人的爱情经历不是一座静止的纪念碑,而是一道流动的江河。当我们回顾往事时,我们自己不必否认,更不该要求对方否认其中任何一段流程、一条支流或一朵浪花。

## 七

爱情不论短暂或长久,都是美好的。甚至陌生异性之间毫无结果的好感、定睛的一瞥、朦胧的激动、莫名的惆怅,也是美好的。因为,能够感受这一切的那颗心毕竟是年轻的。生活中若没有邂逅以及对邂逅的期待,未免太乏味了。人生魅力的前提之一是,新的爱情的可能性始终向你敞开着,哪怕你并不去实现它们。如果爱情的天空注定不再有新的云朵飘过,异性世界对你不再有任何新的诱惑,人生岂不太乏味了?

## 八

不要以成败论人生,也不要以成败论爱情。

现实中的爱情多半是失败的,不是败于难成眷属的无奈,就是败于终成眷属的厌倦。然而,无奈留下了永久的怀恋,厌倦激起了常新的追求,这又未尝不是爱情本身的成功。

说到底,爱情是超越于成败的。爱情是人生最美丽的梦,你能说你做了一个成功的梦或失败的梦吗?

## 九

我不相信人一生只能爱一次,我也不相信人一生必须爱许多次。次数不说明问题。爱情的容量即一个人的心灵的容量。你是深谷,一次爱情就像一道江河,许多次爱情就像许多浪花。你是浅滩,一次爱情只是一条细流,许多次爱情也只是许多泡沫。

## 十

爱情既是在异性世界中的探险,带来发现的惊喜,也是在某一异性身边的定居,带来家园的安宁。但探险不是猎奇,定居也不是占有。毋宁说,好的爱情是双方以自由为最高赠礼的洒脱,以及绝不滥用这一份自由的珍惜。

## 十一

世上并无命定的姻缘,但是,那种一见倾心、终生眷恋的爱情的确具有一种命运般的力量。

## 十二

爱情是盲目的,只要情投意合,仿佛就一丑遮百丑。爱情是心明眼亮的,只要情深意久,确实就一丑遮百丑。

## 十三

爱可以抚慰孤独,却不能也不该消除孤独。如果爱妄图消除孤独,就会失去分寸,走向反面。

分寸感是成熟的爱的标志,它懂得遵守人与人之间必要的距离,这个距离意味着对于对方作为独立人格的尊重,包括尊重对方独处的权利。

## 十四

孔子说:"惟女子与小人为难养也,近之则不孙,远之则怨。"这话对女子不公平。其实,"近之则不孙"几乎是人际关系的一个规律,并非只有女子如此。太近无君子,谁都可能被惯成或逼成不逊无礼的小人。

## 十五

爱是一种精神素质,而挫折则是这种素质的试金石。

## 十六

大自然提供的只是素材,惟有爱才能把这素材创造成完美的作品。

## 十七

凭人力可以成就和睦的婚姻,得到幸福的爱情却要靠天意。

## 十八

"生命的意义在于爱。"

"不,生命的意义问题是无解的,爱的好处就是使人对这个问题不求甚解。"

## 十九

一万件风流韵事也不能治愈爱的创伤,就像一万部艳情小说也不能填补《红楼梦》的残缺。

## 二十

情种爱得热烈,但不专一。君子爱得专一,但不热烈。此事古难全。不过,偶尔有爱得专一的情种,却注定没有爱得热烈的君子。

## 二十一

在爱情中,双方感情的满足程度取决于感情较弱的那一方的感情。如果甲对乙有十分爱,乙对甲只有五分爱,则他们都只能得到五分的满足。剩下的那五分欠缺,在甲会成为一种遗憾,在乙会成为一种苦恼。

## 二十二

我不知道什么叫爱情。我只知道,如果那张脸庞没有使你感觉到一种甜蜜的惆怅、一种依恋的哀愁,那你肯定还没有爱。

## 二十三

你是看不到我最爱你的时候的情形的,因为我在看不到你的时候才最爱你。

# 论 婚 姻

## 一

人的心是世上最矛盾的东西,它有时很野,想到处飞,但它最平凡最深邃的需要却是一个憩息地,那就是另一颗心。倘若你终于找到了这另一颗心,当知珍惜,切勿伤害它。惦着一个人并且被这个人惦着,心便有了着落,这样活着多么踏实。与这种相依为命的伴侣之情相比,一切风流韵事都显得何其虚飘。

## 二

在浪漫结束之后,一个爱情是随之结束,还是推进为亲密持久的伴侣之情,最能见出这个爱情的质量的高低。

## 三

无论如何,你对一个女人的爱倘若不是半途而废,就不能停留在仅仅让她做情人,还应该让她做妻子和母亲。只有这样,你才亲手把她变成了一个完整的女人,从而完整地得到了她,你们的爱情也才有了一个完整的过程。至于这个过程是否叫做婚姻,倒是一件次要的事情。

## 四

《圣经》记载,上帝用亚当身上的肋骨造成一个女人,于是世上有了第一对夫妇。据说这一传说贬低了女性。可是,亚当说得明白:"这是我的骨中之骨,肉中之肉。"今天有多少丈夫能像亚当那样,把妻子带到上帝面前,问心无愧地说出这话呢?

## 五

好的婚姻是人间,坏的婚姻是地狱。别想到婚姻中寻找天堂。

人终究是要生活在人间的,而人间也自有人间的乐趣,为天堂所不具有。

## 六

性是肉体生活,遵循快乐原则。爱情是精神生活,遵循理想原则。婚姻是社会生活,遵循现实原则。这是三个完全不同的东西。婚姻的困难在于,如何在同一个异性身上把三者统一起来,不让习以为常麻痹性的诱惑和快乐,不让琐碎现实损害爱的激情和理想。

## 七

人真是什么都能习惯,甚至能习惯和一个与自己完全不同的人生活一辈子。

习惯真是有一种不可思议的力量,甚至能使夫妇两人的面容也渐渐变得相似。

## 八

恋爱时闭着的眼睛,结婚使它睁开了。恋爱时披着的服饰,结婚把它脱掉了。她和他惊讶了:"原来你是这样的?"接着气愤了:"原来你是这样的!"而事实上的他和她,诚然比从前想象的差些,却要比现在发现的好些。

## 九

结婚是一个信号,表明两个人如胶似漆仿佛融成了一体的热恋有它的极限,然后就要降温,适当拉开距离,重新成为两个独立的人,携起手来走人生的路。然而,人们往往误解了这个信号,反而以为结了婚更是一体了,结果纠纷不断。

## 十

要亲密,但不要无间。人与人之间必须有一定的距离,相爱的人也不例外。婚姻之所以容易终成悲剧,就因为它在客观上使得这个必要的距离难以保持。一旦没有了距离,分寸感便丧失。随之丧失的是美感、自由感、彼此的宽容和尊重,最后是爱情。

## 十一

在夫妻吵架中没有胜利者,结局不是握手言和,就是两败俱伤。

## 十二

把自己当做人质,通过折磨自己使对方屈服,是夫妇之间争吵经常使用的喜剧性手段。一旦这手段失灵,悲剧就要拉开帷幕了。

## 十三

"看来,要使丈夫品行端正,必须家有悍妻才行。"
"那只会使丈夫在别的坏品行之外,再加上一个坏品行:撒谎。"

## 十四

"我们两人都变傻了。"
"这是我们婚姻美满的可靠标志。"

# 论读书

## 一

好读书和好色有一个相似之处,就是不求甚解。

## 二

学者是一种以读书为职业的人,为了保住这个职业,他们偶尔也写书。

作家是一种以写书为职业的人,为了保住这个职业,他们偶尔也读书。

## 三

有的人生活在时间中,与古今哲人贤士相晤谈。有的人生活在空间中,与周围邻人俗士相往还。

## 四

许多书只是外表像书罢了。不过,你不必愤慨,倘若你想到这一点:许多人也只是外表像人罢了。

## 五

书籍少的时候,我们往往从一本书中读到许多东西。我们读到了书中有的东西,还读出了更多的书中没有的东西。

如今书籍愈来愈多,我们从书中读到的东西却愈来愈少。我们对书中有的东西尚且挂一漏万,更无暇读出书中没有的东西了。

## 六

开卷有益,但也可能无益,甚至有害,就看它是激发还是压抑了自己的创造力。

## 七

我衡量一本书的价值的标准是:读了它之后,我自己是否也遏止不住地想写点什么,哪怕我想写的东西表面上与它似乎全然无关。

## 八

有两种人不可读太多的书:天才和白痴。天才读太多的书,就会占去创造的工夫,甚至窒息创造的活力,这是无可弥补的损失。白痴读书愈多愈糊涂,愈发不可救药。

天才和白痴都不需要太多的知识,尽管原因不同。倒是对于处在两极之间的普通人,知识较为有用,可以弥补天赋的不足,可以发展实际的才能。所谓"貂不足,狗尾续",而貂已足和没有貂者是用不着续狗尾的。

# 论 写 作

## 一

写作的快乐是向自己说话的快乐。真正爱写作的人爱他的自我,似乎一切快乐只有被这自我分享之后,才真正成其为快乐。他与人交谈似乎只是为了向自己说话,每有精彩之论,总要向自己复述一遍。

## 二

灵魂是一片园林,不知不觉中会长出许多植物,然后又不知不觉地凋谢了。我感到惋惜,于是写作。写作使我成为自己的灵魂园林中的一个细心的园丁,将自己所喜爱的植物赶在凋谢之前加以选择、培育、修剪、移植和保存。

## 三

文字的确不能替我们留住生活中最好的东西,它又不愿退而去记叙其次好的东西,于是便奋力创造出另一种最好的东西,这就有了文学。

## 四

为何写作？为了安于自己的笨拙和孤独。为了有理由整天坐在家里，不必出门。为了吸烟时有一种合法的感觉。为了可以不遵守任何作息规则同时又生活得有规律。写作是我的吸毒和慢性自杀，同时又是我的体操和养身之道。

## 五

我写作从来就不是为了影响世界，而只是为了安顿自己——让自己有事情做，活得有意义或者似乎有意义。

## 六

写作应该以自己满意为主要标准。一方面，这是很低的标准，就是不去和别人比，自己满意就行。另一方面，这又是很高的标准，别人再说好，自己不满意仍然不行。

## 七

为自己写作，也就是为每一个与自己面临和思考着同样问题的人写作，这是我所能想象的为人类写作的惟一可能的方式。

## 八

我难免会写将被历史推翻的东西，但我绝不写将被历史耻笑的东西。

## 九

一流作家可能写出三流作品,三流作家却不可能写出一流作品。

## 十

最好的作品和最劣的作品都缺少读者,最畅销的书总是处在两极之间的东西:较好的,平庸的,较劣的。

## 十一

几乎每个作家都有喜欢他的读者,区别在于:好作家有好的读者,也有差的读者,而坏作家只有差的读者。

## 十二

写自己是无可指摘的。在一定的意义上,每个作家都是在写自己。不过,这个自己有深浅宽窄之分,写出来的结果也就大不一样。

## 十三

好的作者在写作上一定是自私的,他绝不肯仅仅付出,他要求每一次付出同时也是收获。人们看见他把一个句子、一本书给予这个世界,但这只是表面现象,实际上他是往自己的精神仓库里又放进了一些可靠的财富。

这就给了我一个标准,凡是我不屑于放进自己的精神仓库里去的东西,我就坚决不写,不管它们能给我换来怎样的外在利益。

## 十四

我写作时会翻开别人的文字,有时是为了获得一种启发,有时是为了获得一种自信。

## 十五

我用语词之锁锁住企图逃逸的感觉,打开锁来,发现感觉已经死去。

## 十六

文字平易难,独特也难,最难的是平易中见出独特,通篇寻常句子,读来偏是与众不同。如此只可意会不可言传的独特,方可称作风格。

## 十七

一个好的作者,他的灵魂里有音乐,他的作品也许在谈论着不同的事物,但你仿佛始终听到同一个旋律,因为这个旋律而认出他,记住他。

## 十八

语言是一个人的整体文化修养的综合指数。凡修养中的缺陷,必定会在语言风格上表现出来。

## 十九

对于一个作家来说,节省语言是基本的美德。要养成一种洁癖,看见一个多余的字就觉得难受。

## 二十

世上根本就没有所谓格言家。格言乃神的语言,偶尔遗落在世间荒僻的小路上,凡人只能侥幸拾取,岂能刻意为之。

## 二十一

一段表达精当的文字是一面旗帜,在它下面会集合起共鸣者的大军。